# ΒΡΩΜΙΚΟ ΜΑΥΡΟ

---

## ΣΚΟΤΕΙΝΈΣ ΙΣΤΟΡΊΕΣ ΑΓΆΠΗΣ, ΠΡΟΔΟΣΊΑΣ, ΔΟΛΟΦΟΝΊΑΣ ΚΑΙ ΆΛΛΑ...

MARTIN MULLIGAN

JACK D. MCLEAN

Μετάφραση
NIKOLETTA SAMOILI

# ΠΕΡΙΕΧΌΜΕΝΑ

Να παίρνετε ένα κάθε μέρα λίγο πριν
τον ύπνο

# ΜΕΞΙΚΌ

## ΑΠΌ ΤΟΥΣ ΤΖΑΚ ΝΤ ΜΑΚΛΉΝ ΚΑΙ ΜΆΡΤΙΝ ΜΟΎΛΙΓΚΑΝ

ΠΑΝΤΡΕΥΤΉΚΑΜΕ ΣΤΟ ΜΕΞΙΚΌ ΚΑΙ ΜΕ ΆΦΗΣΕ ΈΞΙ ΕΒΔΟΜΆΔΕΣ ΑΡΓΌΤΕΡΑ.

Τον αγαπούσα, ήμουν τρελά ερωτευμένη μαζί του.

Αλλά χρειάζεστε κάποιο πλαίσιο για όλα αυτά.

Σπούδαζα φιλοσοφία στο Σαιν Έντμουντ Χολ , το παλαιότερο κολέγιο της Οξφόρδης, όταν γνωριστήκαμε, και μου έδιναν την ευκαιρία να γίνω πρώτος.

Ο Αδάμ μπήκε στη ζωή μου και ήταν σαν να έπεσε πάνω μου ένα πιάνο, "με όλες τις μελωδίες του" - αυτή ήταν η φράση του όταν μοιράστηκα μαζί του την εικόνα.

Ήταν οδηγός ράλι και μηχανικός και πετούσε με το δικό του ιδιωτικό τζετ, ταξιδεύοντας τακτικά στη Γαλλική Γουιάνα, όπου επέβλεπε ένα πρόγραμμα δορυφορικών επικοινωνιών για μια διεθνή εταιρεία με μεγάλο μερίδιο της γαλλικής κυβέρνησης. Πάρα πολλοί από τους δορυφόρους προσγειώνονταν στη θάλασσα ή εκρήγνυνταν στη στρατόσφαιρα. Η δουλειά του ήταν να επαναφέρει το πρόγραμμα σε σωστή τροχιά. Είχε αναπτύξει ειδικό λογισμικό που ισχυριζόταν ότι θα έφερνε επανάσταση στη βιομηχανία των δορυφορικών επικοινωνιών, το οποίο χρησιμοποίησε με επιτυχία σε αυτό το συμβόλαιο.

Όμορφος, γοητευτικός και επιτυχημένος, είχε τα πάντα με το μέρος του - συμπεριλαμβανομένου και εμένα, για εκείνες τις τρελές εβδομάδες που περάσαμε μαζί.

Μετά όλα τελείωσαν τόσο ξαφνικά όσο είχαν αρχίσει. Δεν είπε καν αντίο. Απλά άφησε ένα σημείωμα στο δωμάτιο του ξενοδοχείου μας. Το βρήκα όταν επέστρεψα από την πισίνα.

*"Αγαπητή Τζέσικα,*

*Πέρασα υπέροχα μαζί σου, αλλά λυπάμαι, ο γάμος δεν είναι για μένα.*

*Ακόμα σε αγαπώ. Αλλά με βαθύτατη λύπη αποσύρω τη σχέση μας.*

*Σας παρακαλώ, μη με παρεξηγήσετε.*

*Αγάπη,*
*Αδάμ."*

Έτρεμα όταν διάβασα αυτά τα λόγια και έτρεξα στην ντουλάπα για να ελέγξω αν τα ρούχα του ήταν ακόμα εκεί. Δεν ήταν. Ακόμη και τα είδη υγιεινής του είχαν εξαφανιστεί από το μπάνιο. Όταν διαπίστωσα ότι κάθε φυσικό ίχνος του είχε εξαφανιστεί, έγινα ένα υστερικό ράκος που έκλαιγε με λυγμούς.

Όταν συνήλθα αρκετά για να φτιάξω τη βαλίτσα μου, έκλεισα πτήση για το σπίτι και έβαλα το ξενοδοχείο να μου παραγγείλει ταξί για το αεροδρόμιο. Ενώ περίμενα στη ρεσεψιόν, με πλησίασε ένας μεσήλικας Αμερικανός. Ήταν προφανώς εύπορος - μόνο το ρολόι του πρέπει να κόστιζε περισσότερα από όσα κέρδισα σε ένα μήνα. Οι γωνίες του στόματός του ήταν στραμμένες προς το πάτωμα, σαν να μην μπορούσε να αντισταθεί στην έλξη της βαρύτητας.

"Πρέπει να είσαι η Τζέσικα", είπε.

"Κι αν είμαι; Τι σε αφορά εσένα;" Δεν είχα καμία διάθεση για κοινωνικοποίηση.

"Ο σύζυγός σας μόλις το έσκασε με τη γυναίκα μου".

Μου έδειξε τη φωτογραφία μιας εντυπωσιακής νεαρής γυναίκας τουλάχιστον είκοσι χρόνια μικρότερή του.

Έτσι, σκέφτηκα, το σημείωμα του Αδάμ ήταν ψέμα. Δεν είναι ότι ο γάμος δεν είναι γι' αυτόν. Βρήκε κάποια άλλη και δεν μπορούσε να κρατήσει το πουλί του στο παντελόνι του. Είναι τόσο απλό.

Το ταξί έφτασε ακριβώς τη στιγμή που κοιτούσα τη φωτογραφία της γυναίκας με την οποία το είχε σκάσει ο σύζυγός μου, γλιτώνοντάς με από τη δοκιμασία της περαιτέρω αλληλεπίδρασης με τον θιγμένο σύζυγό της.

"Λυπάμαι, πρέπει να φύγω".

Μάζεψα τις βαλίτσες μου και βγήκα έξω με όση αξιοπρέπεια μπορούσα να συγκεντρώσω.

Για αρκετό καιρό μετά από αυτό ήμουν ένα νευρικό ράκος. Είχα εγκαταλείψει τα πάντα για να είμαι με τον Αδάμ. Το μέλλον που είχα σχεδιάσει για τον εαυτό μου -και για τους δυο μας- μου είχε αφαιρεθεί με σκληρό τρόπο.

Η πραγματικότητα ήταν τόσο δύσκολο να αντιμετωπιστεί, που επισκέφτηκα έναν γιατρό ο οποίος μου συνταγογράφησε χάπια για να με βοηθήσει να το αντιμετωπίσω. Ήταν πιο αποτελεσματικά όταν τα έπαιρνα μαζί με άφθονες ποσότητες αλκοόλ.

Πού και πού διάβαζα μια ιστορία σε μια εφημερίδα για το πώς η επιχειρηματική αυτοκρατορία του Άνταμ μεγάλωνε ή έβλεπα μια φωτογραφία του στο Instagram με τη μία ή την άλλη από τις πολλές εντυπωσιακές φίλες του. Η θέα του να απολαμβάνει τη συντροφιά τόσων πολλών πρόστυχων συντρόφων ήταν το πιο εξαίσιο βασανιστήριο για μένα.

Κι άλλα χάπια και ποτά.

Μετά τη νευρική κατάρρευσή μου, δεν μπόρεσα να κάνω σχέση για μεγάλο χρονικό διάστημα. Όταν τελικά άρχισα να ξαναβγαίνω ραντεβού, προς μεγάλη μου έκπληξη, ήταν μια γυναίκα που έκλεψε την καρδιά μου. Ίσως να ήμουν πάντα λεσβία- ή ενδεχομένως να ήταν μια αντίδραση στο γεγονός ότι είχα προδοθεί τόσο βάναυσα από έναν άνδρα.

Κάποια στιγμή, με τη βοήθεια της νέας μου συντρόφου, βγήκα από το αλκοολικό και χαπιούχο νέφος μου, σηκώθηκα από το πάτωμα και άρχισα να σκέφτομαι καθαρά.

Μια απλή εξίσωση σχηματίστηκε στο μυαλό μου: μου είχε πάρει το μέλλον μου. Μου χρωστούσε.

Θα μπορούσα να είχα μια καριέρα που θα πετούσε ψηλά, αν δεν ήταν ο Αδάμ. Εξαιτίας του εγκατέλειψα το πτυχίο μου, το οποίο θα ήταν το κλειδί για όλα, και μετά πέρασα δύο χρόνια σε κατάσταση σχεδόν λήθης, εξαιτίας της προδοσίας του.

Ήταν η ώρα της εκδίκησης. Ο Αδάμ ήταν εξαιρετικά πλούσιος. Είχε κληρονομήσει πολλά χρήματα, και επιπλέον έβγαζε πολλά χρήματα. Είχε την πολυτέλεια να με αποζημιώσει για τα λάθη που μου είχε κάνει. Όμορφα.

Είδα έναν δικηγόρο και του ανέθεσα να κανονίσει το διαζύγιό μου και να διασφαλίσει ότι θα πάρω μια μεγάλη αποζημίωση.

Τότε ήταν που έμαθα πόσο πραγματικά δόλιος ήταν ο Αδάμ.

Οι πλούσιοι σαν αυτόν συχνά επιμένουν σε προγαμιαία συμβόλαια για να προστατεύσουν την περιουσία τους. Εκείνος δεν το είχε κάνει αυτό. Αντ' αυτού, μας είχε παντρέψει σε μια τελετή που δεν αναγνωριζόταν νομικά πουθενά αλλού εκτός από το απομακρυσμένο μεξικανικό χωριό όπου έγινε.

Προφανώς σχεδίαζε για το μέλλον, σκεπτόμενος ότι αν κάποια στιγμή κάποια άλλη του γύριζε το μυαλό , θα μπορούσε να βγει από τη σχέση μας τόσο εύκολα όσο είχε μπει σε αυτήν.

Και ο πανούργος μπάσταρδος με είχε αφήσει στα κρύα του λουτρού. Κατέστρεψε τη ζωή μου.

Με κάποιο τρόπο κατάφερα να επανεκπαιδευτώ στην πληροφορική και με κόπο, σε μια περίοδο ετών, έγινα ειδική στην ασφάλεια του διαδικτύου για μια εταιρεία που εδρεύει στο Λος Άντζελες, αν και συνέχισα να ζω στο Home Counties.

Ήταν οκτώ χρόνια μετά τον χωρισμό μας με τον Άνταμ που βρέθηκα στο Μεξικό - το μέρος μού προκαλούσε άσχημες αναμνήσεις, αλλά αυτό δεν με εμπόδισε να πάω - την ίδια στιγμή με εκείνον. Εγώ ήμουν σε επαγγελματικό ταξίδι και εκείνος ήταν εκεί επειδή, λοιπόν, ήταν απλά ο Αδάμ.

Εγώ τον είδα, αλλά αυτός δεν με είδε. Μπήκα στον πειρασμό να συστηθώ, αλλά δεν το έκανα. Απλά κράτησα την απόστασή μου. Μπήκε σε ένα ξενοδοχείο και τον ακολούθησα διακριτικά, παρακολουθώντας τον να παραγγέλνει ένα ποτό στο μπαρ. Ήξερα ότι θα πήγαινε εκεί. Ήταν το αγαπημένο του στέκι. Το μέρος ήταν κακοφωτισμένο, με χοντρά χαλιά, μαρμάρινους τοίχους και απευθυνόταν στους πιο χυδαίους της πλούσιας ελίτ. Τους Αδάμ αυτού του κόσμου.

Μπήκα κρυφά σε μια σκοτεινή γωνιά. Ένας σερβιτόρος γλίστρησε προς το μέρος μου και παρήγγειλα ένα ξηρό μαρτίνι με ήρεμη φωνή.

Στο μπαρ έδωσαν στον Αδάμ το ποτό του, ένα τζιν με τόνικ. Υπήρχε μια κοπέλα σε ένα σκαμνί περίπου μια γιάρδα μακριά του και ρουφούσε ένα εξωτικό κοκτέιλ. Φορούσε ένα στενό λευκό μεταξωτό φόρεμα και το φορούσε καλά, με τα μαύρα μαλλιά της να πέφτουν στους μελίχρωμους ώμους της. Κοίταξε προς τον Άνταμ και του χάρισε ένα ντροπαλό χαμόγελο. Μια προφανής πρόκληση.

Ήξερα από προσωπική και οδυνηρή εμπειρία ότι ο Αδάμ σπάνια δίσταζε όταν του έδιναν ένα τέτοιο χαμόγελο.

Αμέσως ξεκίνησε μια συζήτηση με την κοπέλα. Ήπιαν μερικά ποτά μαζί και έφυγαν. Δεν τους ακολούθησα, υποθέτοντας ότι είχαν πάει για νυχτερινή έξοδο και ότι θα πήγαιναν στη σουίτα του αργότερα. Ή ίσως να πήγαιναν κατευθείαν στο δωμάτιό του.

Τελείωσα το ποτό μου και πήγα στο δικό μου ξενοδοχείο.

Το επόμενο βράδυ τελείωσε το επαγγελματικό μου ταξίδι και πήρα την πτήση για το σπίτι. Αφού προσγειώθηκα στο Χίθροου πήρα το εξπρές για το κέντρο του Λονδίνου και πήγα στο δωμάτιο που είχα νοικιάσει στο ξενοδοχείο Το Διπλό Δέντρο. Δεν είχα μείνει εκεί περισσότερο από πέντε λεπτά όταν χτύπησε η πόρτα.

"Περάστε", είπα.

Μια εντυπωσιακή νεαρή γυναίκα μπήκε μέσα. Η κοπέλα με την οποία είχα δει τον Αδάμ στο Μεξικό. Η σύντροφός μου. Ήταν πρόθυμη να θυσιάσει κάποιες από τις αρχές της για να με βοηθήσει. Με τη βοήθειά της είχα αποκτήσει πρόσβαση στο φορητό υπολογιστή του Αδάμ για αρκετό χρονικό διάστημα ώστε να αποσπάσω ζωτικές πληροφορίες για τις εταιρείες και τα οικονομικά του.

Οι τραπεζικοί του λογαριασμοί αποτελούσαν μια αξιοπρεπή άμεση ένεση στο τραπεζικό μου υπόλοιπο, μέσω μιας αμφίβολης παγκόσμιας διαδρομής συναλλαγών που θα μπορούσε να αποπροσανατολίσει οποιαδήποτε έρευνα.

Πουλάω τα εμπορικά του μυστικά μέσω του σκοτεινού διαδικτύου - τα σημάδια δείχνουν ότι θα πιάσουν πολύ υψηλή τιμή.

Ο καημένος ο Αδάμ. Δεν νομίζω ότι του άφησα αρκετά χρήματα ούτε για να πληρώσει την πτήση για το σπίτι. Θα πρέπει να συγκεντρώσει κάποια μετρητά πουλώντας μετοχές των εταιρειών του.

Αλλά καλύτερα να το κάνει γρήγορα - η αξία τους θα πέσει πιο γρήγορα από τη φούσκα της Νότιας Θάλασσας όταν μαθευτεί ότι όλοι οι ανταγωνιστές του γνωρίζουν τα εμπορικά του μυστικά.

Σχεδιάζω διακοπές με την πανέμορφη

σύντροφό μου. Ένα ταξίδι του μέλιτος. Μόλις παντρευτήκαμε με στυλ. Ίσως πάμε στο Μεξικό και μείνουμε σε ένα ακριβό ξενοδοχείο.

## Τέλος

# Η ΜΙΚΡΉ ΥΠΌΘΕΣΗ ΕΝΌΣ ΦΌΝΟΥ

## ΑΠΌ ΤΟΝ ΜΆΡΤΙΝ ΜΟΎΛΙΓΚΑΝ

ΔΕΝ ΠΕΡΙΜΈΝΕΙΣ ΝΑ ΕΡΩΤΕΥΤΕΊΣ ΤΗΝ ΝΆΝΟ ΠΟΥ ΣΕ ΠΡΟΣΛΑΜΒΆΝΕΙ ΓΙΑ ΝΑ ΣΚΟΤΏΣΕΙΣ ΤΟΝ ΆΝΤΡΑ ΤΗΣ.

Φορούσε κίτρινα ψηλοτάκουνα παπούτσια την πρώτη φορά που συναντηθήκαμε σε ένα Frankie & Benny's στα περίχωρα ενός μονότονου βόρειου παραθαλάσσιου θέρετρου στα μέσα του χειμώνα. Έξω, ένας παγωμένος άνεμος ούρλιαζε στον άδειο σταθμό λεωφορείων. Ο σκοτεινός έρημος παραλιακός δρόμος, μόλις μισό μίλι μακριά, είχε καθαρίσει από κάθε ανθρώπινο απομεινάρι από το σχεδόν θυελλώδες κύμα που έπνεε από την Ιρλανδική Θάλασσα και διέσχιζε την παραλία.

Ήταν εκεί για να με ενημερώσει. Πήρα μια γουλιά από την κόκα-κόλα διαίτης και έσπρωξα ένα τηγανητό δαχτυλίδι κρεμμυδιού στο πιάτο μου και άκουσα την Τζαντβίγκα την Εκρηκτική Νάνο Τζαντβίγκα (το επαγγελματικό της όνομα).

Ήταν η πρωταγωνίστρια του τσίρκου του Νταρτ. Το υπέροχο σγουρομάλλικο κεφάλι της και το δυνατό της πηγούνι ήταν ακριβώς πάνω από το επίπεδο της πλάκας του τραπεζιού από φορμάικα στο κόκκινο δερμάτινο ταπετσαρισμένο ιδιωτικό θάλαμο στο ζεστό ημίφως του ήσυχου εστιατορίου.

Θα μπορούσα να σας μιλήσω για την επίδραση που είχε πάνω μου η τσιριχτή ψιλή φωνή της. Ή για τη γοητεία του μικροσκοπικού της στόματος. Ή για τον τρόπο που χτυπούσε το τραπέζι με δάκρυα να τρέχουν στα μάγουλά της καθώς περιέγραφε την κόλαση της οικογενειακής της ζωής. Αλλά θα είναι ασφαλέστερο και απλούστερο αν συνοψίσω και μπω στο ψητό.

Η Τζαντβίγκα Τζαντβίγκα ήταν μια πολύ καλά αμειβόμενη καλλιτέχνιδα, με δικό της τροχόσπιτο και προσωπικό στο τσίρκο. Δούλευε μόνο τρεις μήνες το χρόνο-τόσο καλά αμειβόταν. Ο επί τρία χρόνια γάμος της με έναν συνάδελφο νάνο που λεγόταν Χίθκλιφ (άλλο καλλιτεχνικό όνομα) είχε πάει από το κακό στο χειρότερο μετά τον μήνα του μέλιτος.

Ο Χίθκλιφ ήταν ένας νάνος κλόουν που ειδικευόταν στην εναέρια και συρμάτινη δουλειά και οδηγούσε το εκρηκτικό αυτοκίνητο που ήταν η κορύφωση της παράστασης των κλόουν. Με ύψος 1,80 μ. ήταν έξι εκατοστά ψηλότερος από την Τζαντβίγκα Τζαντβίγκα και έριχνε το βάρος του ανελέητα μέχρι που εκείνη ζήτησε βοήθεια για να τον πετάξει από το τρέιλερ της. Τώρα ζούσε σε ένα άλλο τροχόσπιτο, λιγότερο καλά εξοπλισμένο, κοντά στα σιαμαία γουρούνια, άλλα αστέρια της παράστασης. Ήταν ένας βίαιος και σκληρός ψυχοπαθής. Αλλά προτρέχω.

Είχα δύο καθήκοντα εδώ στο Frankie & Benny's. Πρώτον, να ελέγξω τα συναισθήματά μου, ώστε ο εντεινόμενος έρωτάς μου για τη Τζαντβίγκα Τζαντβίγκα να μην θολώσει την επαγγελματική μου κρίση. Και δεύτερον, να σχεδιάσω και να εκτελέσω ένα σχέδιο για τη δολοφονία ενός οξύθυμου νάνου με τρόπο που να μην είναι σε θέση οι μάρτυρες να εντοπίσουν τη συνωμοσία σε μένα και τη Τζαντβίγκα. Έπρεπε επίσης να συμφωνήσουμε μια αμοιβή, αν και αυτό σύντομα κατέλαβε μια πολύ χαμηλή τρίτη θέση στις προτεραιότητές μου. Η όλη υπόθεση άρχισε να αποκτά εμμονικό χαρακτήρα.

---

Με λένε Ζακ. Μάλλον θα πρέπει να σας πω λίγα περισσότερα για μένα. Βρίσκω όλη μου τη δουλειά ως καθαριστής μέσω του σκοτεινού διαδικτύου. Οι πελάτες μου πάντα σοκάρονται την πρώτη φορά που με βλέπουν, παρόλο που οι αποποιήσεις και οι εξηγήσεις είναι όλες εκεί στην ιστοσελίδα μου με τα διαπιστευτήριά μου. Κατά κάποιο τρόπο, τίποτα από αυτά δεν φαίνεται να κάνει ποτέ τη διαφορά. Βλέπω τα πρόσωπά τους να τους ξεφεύγουν κάθε φορά . Τα μάτια τους ανοίγουν λίγο από έκπληξη . Ένα γρήγορα καταπιεσμένο χαμόγελο μερικές φορές. Ή το σαγόνι ξαφνικά σφίγγει σε ένα είδος σφιγμένου σοκ. Τέλος πάντων.

Ο δείκτης νοημοσύνης μου είναι στην περιοχή του 200, που είναι το σκορ που μου έβαλαν πριν δω τα μειονεκτήματα του όλου πράγματος με το προφίλ και μάθω να πλαστογραφώ το τεστ για να βγω χαμηλότερα. Δεν είμαι ακριβώς 11 ετών τη στιγμή που γράφω αυτό το κείμενο. Ανυπομονώ να μπω στην εφηβεία, έχω ακούσει πολύ καλά πράγματα γι' αυτήν.

Ζω στο σπίτι με τη μαμά μου. Ο τύπος που αυτοαποκαλείται πατέρας μου λείπει τις περισσότερες ώρες της εβδομάδας στο Λονδίνο, δουλεύοντας για μια παγκόσμια εταιρεία που όλοι γνωρίζουν. Τέλος πάντων.

Αυτό με βολεύει μια χαρά από τότε που σχεδίασα την προσωρινή εντολή αποκλεισμού από αυτό το άθλιο σχολείο με όλους αυτούς τους ηλίθιους βλάκες και την ακόμα πιο ηλίθια διευθύντρια. Η μαμά είναι είτε κολλημένη στην οθόνη της κατά τη διάρκεια της ημέρας είτε έξω σε ένα από τα επαγγελματικά της πρωινά ή στο Πιλάτες ή σε συναυλίες δικτύωσης για την επιχείρησή της που ασχολείται με τη διακόσμηση εσωτερικών χώρων. Αυτός ο λεγόμενος τρόπος ζωής είναι η τέλεια κάλυψη για μένα και την επιχείρησή μου.

———

Αυτός ο νάνος Χίθκλιφ δεν θα ήταν εύκολο να σκοτωθεί, το κατάλαβα αμέσως.

Κατ' αρχάς ήταν φρικτά δυνατός. Μέρος του νούμερου του περιελάμβανε το να πετάει καμπάνες των 25 κιλών σαν να ήταν βαρίδια. Πάντα προκαλούσε αναφιλητά στο κοινό. Έπιανε ένα από αυτά με λαβή τσιμπίδας και το σήκωνε πάνω από το κεφάλι του με το ένα χέρι. Νόμιζες ότι ήταν ψεύτικο από χαρτί. Αλλά στην πραγματικότητα ήταν αληθινό.

Το γεγονός ότι είμαι παιδί είναι συχνά ένα φανταστικό πλεονέκτημα στη δουλειά μου. Έτσι αποδείχθηκε και αυτή τη φορά.

Κανείς δεν κοιτάζει ένα παιδί με κοντό παντελόνι που τριγυρνάει στο τσίρκο, στο Μπιγκ Τοπ ή ακόμα και στα φορτηγά με τις γεννήτριες. Πήρα το προληπτικό μέτρο να φορέσω ένα σχολικό καπέλο και να μασουλήσω (πιθανώς εντελώς περιττά) μια τεράστια μπάλα μαλλί της γριάς για να κρύψω το πρόσωπό μου τις περισσότερες φορές. Με αυτόν τον τρόπο μπόρεσα να πραγματοποιήσω σχεδόν την τέλεια αναγνώριση κατά τη διάρκεια μιας απογευματινής παράστασης στο τσίρκο Νταρτς..

Παρατήρησα ότι θα υπήρχε ένα διάλειμμα αφού ο Χίθκλιφ τρεκλίζει ασθμαίνοντας από το αυτοκίνητο που εξερράγη στο κέντρο του ρινγκ, μόλις οι ρόδες και οι πόρτες πετάξουν, και πριν φτάσει στις κουρτίνες στο πίσω μέρος της σκηνής. Θα είχα καθαρή οπτική επαφή μαζί του, αν μπορούσα μόνο να πάρω τη θέση στο τέλος του διαδρόμου. Τα σύννεφα λευκού καπνού που έβγαιναν από το αυτοκίνητο του κλόουν θα μπορούσαν επίσης να είναι χρήσιμα για αυτό που είχα κατά νου. Θα υπήρχαν και άλλοι άνθρωποι γύρω μου, χωρίς αμφιβολία, επειδή το τσίρκο του Dart ήταν πάντα ένα πλήρες sold-out και τα εισιτήρια ήταν χρυσόσκονη. Αλλά ήμουν σίγουρος ότι θα έβρισκα έναν τρόπο να το παρακάμψω αυτό όταν θα ερχόταν η στιγμή.

———

Χρησιμοποίησα ένα προσαρμοσμένο ξυράφι και κλαδευτήρια για να κόψω μια σχισμή σε μέγεθος μαθητή, αρκετά μεγάλη ώστε να μπορώ να μπαίνω και να βγαίνω από το Μπιγκ Τοπ . Επέστρεψα μετά το σκοτάδι για να το κάνω αυτό και πήγε αρκετά καλά αν και τα σκυλιά που γαύγιζαν γύρω από το κοντινό τροχόσπιτο με ενοχλούσαν στην αρχή. Αλλά κανείς δεν το ερεύνησε.

Η δουλειά πήρε λίγο περισσότερο χρόνο απ' ό,τι υπολόγιζα. Έβρεχε και ο κρύος υγρός αέρας στα μουδιασμένα χέρια μου με καθυστέρησε με το ξυράφι και το κλαδευτήρι. Χρησιμοποίησα διαφανή πλαστικά αυτοκόλλητα για να συγκρατήσω τις πρόσφατα κομμένες ραφές στη θέση τους. Θα έπρεπε να ψάχνεις ειδικά για το κόψιμο για να το δεις όταν τελείωσα.

Το χειρότερο απ' όλα ήταν ότι η μαμά με περίμενε όταν επέστρεψα στο σπίτι και μου έκανε μια χάρη που έλειπα για μερικές ώρες (επέστρεψε απροσδόκητα νωρίς από μια βραδιά της λέσχης βιβλίου με τους φίλους της).

Έπρεπε να επινοήσω μια μαλακία ιστορία επί τόπου για να ελέγξω το επιστημονικό πρόγραμμα για τη διατήρηση της βροχόπτωσης στο δάσος, όχι πολύ μακριά από το σπίτι μας. Τελικά σταμάτησε να φωνάζει και να κλαίει "Ζακ, Ζακ", επιλέγοντας να δεχτεί την ιστορία μου με τις μαλακίες και ίσως εν μέρει πεισμένη από το γεγονός ότι ήμουν ακόμα μούσκεμα με τη σχολική μου καμπαρντίνα. Δόξα τω Θεώ που δεν έλεγξε το σακίδιό μου με τα εργαλεία κοπής ακόμα μέσα. Και το βαλλίστρα Anglo Arms Gecko, ένα ελαφρύ σύγχρονο όπλο που αναπτύσσει 87 foot pounds ενέργειας για ένα βέλος που ταξιδεύει με 300 πόδια ανά δευτερόλεπτο.

———

Κρατάω πάντα ημερολόγιο των εργασιών και ποτέ δεν το χρειάστηκα περισσότερο από ό,τι τώρα. Δεν νομίζω ότι οι μπάτσοι μπορούν να με εντοπίσουν. Αλλά αυτό είναι το μόνο καλό σε αυτό. Πρέπει να τα καταγράψω όλα εδώ, ένα είδος "Αγαπητού ημερολογίου", αλλιώς θα τρελαθώ, το ξέρω.

Θεέ μου, γιατί το ανέλαβα αυτό; Ω, καημένη μου , καημένη Τζαντβίγκα. Λυπάμαι πολύ αγάπη μου.

———

Στην αρχή όλα πήγαιναν καλά. Οι τελευταίες θέσεις ήταν κατειλημμένες από μια αγέλη περίπου έξι βρεφών και τις δύο έφηβες που τους φρόντιζαν. Τα κορίτσια χασκογελούσαν και κουβέντιαζαν όλη την ώρα και έλεγχαν τα τηλέφωνά τους σε ένα όργιο απόσπασης της προσοχής. Δύο άτομα που είναι λιγότερο πιθανό να παρατηρήσουν τα πράγματα ή να λειτουργήσουν ως αξιόπιστοι μάρτυρες θα ήταν δύσκολο να βρεθούν. Είχα μάλιστα χρόνο να αφαιρέσω τα διαφανή τσιρότα για να διευκολύνω τη διακριτική διαφυγή, θα ήταν απλό να ξεγλιστρήσω από τη σκηνή μέσα στη σύγχυση.

Ο Χίθκλιφ ήταν στα καλύτερά του δαιμονικά κατά τη διάρκεια της παράστασής του πετώντας εκείνα τα βάρη. Στη συνέχεια, οι ρόδες και οι πόρτες πετάχτηκαν από το αυτοκίνητο στην κορύφωση. Βροντοφώναξε και πετάχτηκε έξω από το εκρηκτικό όχημα πάνω στο πριονίδι, χτυπώντας δυναμικά τα μακρόστενα παντόφλες-κλόουν του. Κατευθύνθηκε προς το πίσω μέρος της σκηνής κουνώντας τα χέρια του σαν να ήταν αφηρημένος και τυφλός μέσα στον καπνό.

Κάτω από την κάλυψη της ψεύτικης τσάντας στα γόνατά μου, ειδικά προσαρμοσμένης για το σκοπό αυτό, σταθεροποίησα το κρυμμένο τόξο με το μπουλόνι του για τη μία βολή. Η οπτική επαφή ήταν ιδανική, την είχα εξασκηθεί στην εντέλεια.

Υπήρχε μια θολούρα κίνησης που περνούσε με ταχύτητα μπροστά από τον Χίθκλιφ, κάτι που δεν είχε συμβεί στην πρόβα της απογευματινής πρόβας. Ήταν πολύ αργά για να ακυρώσω τη λήψη. Ο Χίθκλιφ γύρισε ξαφνικά το κεφάλι του για να δει την Τζαντβίγκα πάνω σε ένα μονόκυκλο να τον προσπερνάει βιαστικά προς το κέντρο της αρένας του τσίρκου. Το μπουλόνι τον προσπέρασε τόσο κοντά που του χτύπησε το μήλο του Αδάμ. Τα μάτια του διογκώθηκαν ανησυχητικά. Το μπουλόνι τον προσπέρασε και χώθηκε μέχρι τα φτερά της ουράς στο πλευρό της Τζαντβίγκα ακριβώς κάτω από το αριστερό της στήθος, διαπερνώντας την καρδιά της.

Η σκηνή σώπασε. Τότε άρχισαν οι κραυγές.

# ΜΙΓΚΈΛ

### ΑΠΌ ΤΟΝ ΤΖΑΚ ΝΤ ΜΑΚΛΉΝ

ΣΤΕΚΌΤΑΝ ΔΊΠΛΑ ΣΤΟ ΑΥΤΟΚΊΝΗΤΟ ΤΟΥ ΚΑΙ ΚΟΙΤΟΎΣΕ ΠΡΟΣ ΤΟ ΜΈΡΟΣ ΜΟΥ. Απρόσωπος σε αυτή την απόσταση, με τη ζέστη να μετατρέπει τον αυτοκινητόδρομο σε ένα αστραφτερό ποτάμι, τον καυτό αέρα της ερήμου να θολώνει αυτόν και το όχημά του σε ένα μόνο αστραφτερό αντικείμενο.

Οι δυο μας ήμασταν οι μόνοι άνθρωποι που υπήρχαν για πενήντα μίλια ή περισσότερο.

Κάθε φορά που είμαι μόνος με κάποιον αναρωτιέμαι αν αυτό μπορεί να αποτελέσει μια ευκαιρία. Καθώς τον πλησίαζα, συνειδητοποίησα ότι πιθανόν να ήταν έτσι.

Το αυτοκίνητό του, ένα μπλε Trans-Am, ήταν σταθμευμένο στο χώμα στη μία πλευρά του αυτοκινητόδρομου.

Φαντάστηκα ότι είχε καταρρεύσει. Καθώς πλησίασα, είδα ότι έμοιαζε με Μεξικανός, όπως εγώ, πράγμα που δεν μου προκάλεσε έκπληξη, καθώς βρισκόμουν σε εκείνη την πλευρά των συνόρων, έχοντας πρόσφατα εγκαταλείψει τις παλιές καλές ΗΠΑ κάπως βιαστικά.

Λόγω μιας ληστείας που πήγε στραβά, ήμουν σε φυγή. Δεν είχα σχέδια, αλλά τουλάχιστον είχα ξεφύγει με αρκετά μετρητά για να πληρώσω ό,τι χρειαζόμουν για τους επόμενους μήνες.

Κούνησε τα χέρια του στον αέρα με το παγκοσμίως αναγνωρισμένο σήμα ότι θέλεις προσοχή. Την είχε πάρει. Έβαλα το πόδι μου στο φρένο για να επιβραδύνω και αυτός κατέβασε τα χέρια του, βγαίνοντας πλάγια από την πορεία μου.

Την τελευταία στιγμή πάτησα το πόδι μου στο γκάζι, έστριψα το τιμόνι και επιτάχυνα κατευθείαν προς το μέρος του.

Προσπάθησε να τρέξει, αλλά το δικό του όχημα μπήκε στη μέση. Του έδωσα ένα δυνατό χτύπημα και έπεσε στο χώμα. Με σύννεφα σκόνης να πετούν από τους ταχύτατα περιστρεφόμενους τροχούς του αυτοκινήτου μου, έβαλα όπισθεν και του συνέθλιψα τη μέση. Ήταν αμφίβολο αν ήταν ακόμα ζωντανός μετά από αυτό, αλλά πέρασα από πάνω του άλλες δύο φορές για να βεβαιωθώ. Μια από αυτές τις φορές πέρασα πάνω από το πρόσωπό του με τον μπροστινό τροχό.

Σταμάτησα και έλεγξα το αυτοκίνητό του. Το κλειδί ήταν στη μίζα. Όταν το γύρισα, άναψε η λυχνία που μου έλεγε ότι το ρεζερβουάρ ήταν άδειο. Οι πιθανότητες ήταν ότι δεν υπήρχε τίποτα κακό με το αυτοκίνητο. Απλά χρειαζόταν γέμισμα.

Άνοιξα το πορτ-μπαγκάζ, έβγαλα τη βαλίτσα με τον εξοπλισμό μου για την κλοπή αυτοκινήτων και έβγαλα τη συσκευή που χρησιμοποιούσα για την απορρόφηση της βενζίνης. Στη συνέχεια έβγαλα περίπου ένα λίτρο από το αυτοκίνητό μου και το έβαλα στο δικό του. Όταν δοκίμασα ξανά την ανάφλεξη, ο κινητήρας πήρε μπροστά.

Έχοντας πείσει τον εαυτό μου ότι θα μπορούσα να χρησιμοποιήσω το αυτοκίνητό του, έβαλα την υπόλοιπη βενζίνη μου στο ρεζερβουάρ του και άδειασα τις τσέπες του. Είχε ένα πορτοφόλι με την άδεια οδήγησης μέσα. Το όνομά του ήταν Μιγκέλ Ερνάντεζ και δεν ήταν Μεξικανός. Ήταν Αμερικανός όπως κι εγώ και Λατίνος όπως κι εγώ. Αντάλλαξα το πορτοφόλι του με το δικό μου, τα κλειδιά μου με τα δικά του. Μετά άδειασα το αυτοκίνητό μου και έβαλα το περιεχόμενο στο δικό του, και το αντίστροφο, και έφυγα, αφήνοντας το πτώμα του δίπλα στο αυτοκίνητό μου.

Οι πιθανότητες ήταν να τον βρουν, να του λιώσουν το πρόσωπο και η μεξικανική αστυνομία να κοιτάξει την ταυτότητά του και να υποθέσει ότι ήμουν εγώ. Οι Τεξανοί μπάτσοι δεν θα το αμφισβητούσαν. Απλά θα ήταν ευγνώμονες που σκοτώθηκε άλλος ένας εγκληματίας και άλλη μια υπόθεση θα μπορούσε να κλείσει.

Έτσι, μπήκα στο νέο μου Trans-Am και αισθανόμουν πολύ καλά για τα πράγματα. Τότε σκέφτηκα ότι μπορεί να είχε περισσότερα που άξιζε να κλέψω. Κοίταξα στο πορτοφόλι του, βρήκα πού έμενε και αποφάσισα να ελέγξω το μέρος.

Αυτό σήμαινε ότι έπρεπε να κατευθυνθώ προς τα βόρεια, πίσω από τον δρόμο που είχα έρθει στον αυτοκινητόδρομο 150D, προς την Πόλη του Μεξικού. Πληκτρολόγησα "Πάμε Σπίτι" στο GPS του και ακολούθησα το εικονικό αυτοκίνητο στην οθόνη, στρίβοντας τελικά στον ήσυχο δρόμο του αριστοκρατικού προαστίου όπου ζούσε. Μέχρι να φτάσω, είχε νυχτώσει και ο καθαρός νυχτερινός ουρανός είχε ένα μελανό γαλάζιο διάστικτο με αστέρια.

Ήταν ένας ωραίος φαρδύς δρόμος με μεγάλες μονοκατοικίες αρκετά πίσω, όλες λευκές με κόκκινες κεραμοσκεπές, μεγάλα παράθυρα και επιβλητικές εξώπορτες. Οδήγησα κατευθείαν στο δικό του, στρίβοντας στην είσοδο και παρκάροντας με αυτοπεποίθηση. Οδηγώντας το αυτοκίνητό του με την εμφάνισή μου, τη νύχτα, οι πιθανότητες ήταν ότι όποιος κοιτούσε από το παράθυρό του θα με περνούσε για εκείνον.

Ήταν προφανές ότι είχε χρήματα και ελπίζω ότι κάποια από αυτά βρίσκονταν στο σπίτι του, ή κάτι άλλο που άξιζε να κλέψει.

Ήταν κανείς μέσα;

Δεν υπήρχαν φώτα στο μπροστινό μέρος του σπιτιού. Έψαξα να βρω το καθησυχαστικό εξόγκωμα του όπλου μου στη θήκη του ώμου μου και όταν έπεισα άσκοπα τον εαυτό μου ότι ήταν ακόμα εκεί, βγήκα από το αυτοκίνητο σαν να μου ανήκε το μέρος και πήγα κατευθείαν στην πόρτα. Μετά έβγαλα τα κλειδιά που του είχα πάρει και δοκίμασα ένα ζευγάρι στην κλειδαριά. Το δεύτερο λειτούργησε και έσπρωξα την πόρτα όσο πιο αθόρυβα μπορούσα και μετά την τράβηξα απαλά πίσω μου.

Άναψα τα φώτα. Σκέφτηκα ότι αυτό θα έκανε ο Μιγκέλ και ήθελα οι γείτονές του να υποθέσουν ότι ήμουν αυτός.

Το πρώτο πράγμα που έκανα ήταν να τραβήξω τις κουρτίνες κρατώντας το κεφάλι μου κάτω, έτσι ώστε αν κάποιος με κοιτούσε από το παράθυρο, το μόνο που θα έβλεπε ήταν τα μαλλιά μου που ήταν μαύρα, όπως τα δικά του. Μετά από αυτό έψαξα το μπροστινό δωμάτιο. Τίποτα ενδιαφέρον. Αλλά ήταν ένα μεγάλο σπίτι με μερικά δωμάτια στον κάτω όροφο. Τα έλεγξα όλα. Ήταν πανάκριβα επιπλωμένα, αλλά τίποτα δεν μου έκανε εντύπωση ότι ήταν αρκετά μικρό και πολύτιμο για να αξίζει να το βάλω στο αυτοκίνητό μου.

Έτσι ανέβηκα επάνω. Σκέφτηκα ότι εκεί θα ήταν πιθανότατα κρυμμένα τα χρήματα, αν υπήρχαν. Φυσικά υπήρχε ένα χρηματοκιβώτιο το οποίο δεν μπορούσα να ανοίξω. Και μια τράπεζα υπολογιστών σε ένα υπνοδωμάτιο - όπως θα περίμενε κανείς από κάποιον που έπαιζε στο χρηματιστήριο. Ή από κάποιον που ξεπλένει χρήματα.

Ένα συρτάρι σε ένα κομοδίνο έβγαλε μερικές στοίβες από χαρτονομίσματα των πενήντα δολαρίων στερεωμένα με λαστιχάκια. Βρήκαν νέο σπίτι στις πλαϊνές τσέπες του σακακιού μου. Ήταν ώρα να φύγω, να παραιτηθώ όσο ήμουν μπροστά. Έτσι βγήκα άνετα σαν να μην βιαζόμουν ιδιαίτερα, μπήκα στο αυτοκίνητο και γλίστρησα μέχρι το τέλος του δρόμου.

Μόλις έστριψα στη γωνία, πάτησα το πόδι μου στο γκάζι και έφυγα με τσαμπουκά από εκεί.

Σύντομα η Πόλη του Μεξικού ήταν πίσω μου και κατευθυνόμουν νότια προς το Ακαπούλκο στον αυτοκινητόδρομο 95D. Μου φάνηκε τόσο καλός προορισμός όσο κανένας άλλος υπό τις παρούσες συνθήκες μου.

Το ξενοδοχείο στο οποίο έκανα κράτηση ήταν καλό, αλλά όχι υπερβολικό, καθώς δεν ήθελα να τραβήξω την προσοχή, ειδικά επειδή πλήρωσα για το δωμάτιό μου με την πιστωτική κάρτα του Μιγκέλ. Πήγα τα λίγα πράγματά μου εκεί, έκανα ένα ντους και στη συνέχεια βγήκα έξω για να αγοράσω κάποια πράγματα που χρειαζόμουν επειγόντως - ρούχα, μια βαλίτσα κ.ο.κ., καθώς, φεύγοντας από την πόλη με τον τρόπο που το είχα κάνει, δεν υπήρχε χρόνος να πακετάρω. Όταν επέστρεψα στο δωμάτιό μου, η πόρτα έκλεισε πίσω μου, χωρίς να την κλείσω εγώ.

Γύρισα και ταυτόχρονα έπιασα το όπλο μου. Είδα δύο άντρες που βρίσκονταν στο πίσω μέρος της πόρτας. Ο ένας από αυτούς με χτύπησε στο κεφάλι με ένα κοντό ρόπαλο . Προσπάθησα να κάνω ένα βήμα πίσω, να δημιουργήσω χώρο για να αμυνθώ, αλλά ήταν πολύ γρήγορος για μένα, και τα φώτα έσβησαν μωρό μου.

Δεν ήμουν αναίσθητος, αν και θα μπορούσα κάλλιστα να ήμουν, γιατί είχα έναν διαλυτικό πονοκέφαλο και δεν μπορούσα να κάνω τίποτα άλλο από το να ξαπλώσω στο πάτωμα και να βογκάω.

Όταν σηκώθηκα στα πόδια μου, δεν το έκανα από μόνος μου. Η επιτροπή υποδοχής με είχε απαλλάξει από το όπλο μου και με είχε σηκώσει όρθιο. Με κατέβασαν από μια πίσω σκάλα σε ένα παρκαρισμένο αυτοκίνητο, με έβαλαν μέσα και ξεκίνησαν για έναν άγνωστο προορισμό.

Αποδείχθηκε ότι ήταν μια ξύλινη καλύβα στην έρημο.

Με έσυραν από το αυτοκίνητο, με έβαλαν μέσα και με έδεσαν σε μια ξύλινη καρέκλα.

Μέχρι τότε ήμουν σχεδόν σε θέση να μιλήσω.

"Τι... τι είναι όλα αυτά;"

Ένας από αυτούς, ένας σαδιστής Μεξικανός μπάσταρδος με άσχημα δόντια, κοκαλιάρικο πρόσωπο και λιπαρά μαλλιά, είπε:

"Ξέρεις περί τίνος πρόκειται, αμίγκο . Μας έστειλε ο Χουάν Κάρλος. Δεν είναι ευτυχισμένος άνθρωπος, όπως ξέρεις".

"Χουάν Κάρλος; "

"Ο εργοδότης σου.. Ο άνθρωπος για τον οποίο υποτίθεται ότι ξεπλένεις χρήματα. Τον θυμάσαι;"

"Τι; Όχι. Έγινε ένα λάθος."

"Δεν υπάρχει κανένα λάθος αμίγκο , εκτός από αυτό που έκανες εσύ. Ήταν πολύ μεγάλο λάθος να πάρεις χρήματα από τον Χουάν Κάρλος και να νομίζεις ότι μπορείς να τη γλιτώσεις. Τώρα πρέπει να σε παραδειγματίσει για να βεβαιωθεί ότι κανείς άλλος δεν θα κάνει τέτοιο λάθος".

"Περίμενε, περίμενε. Δεν είμαι ο άνθρωπος που νομίζεις ότι είμαι!"

Γέλασε.

"Το άκουσες αυτό Ραφαέλ; Δεν είναι αυτός που νομίζουμε ότι είναι".

Και οι δύο άνδρες γέλασαν.

"Δεν θα ξεφύγεις από τη μοίρα σου, Μιγκέλ, όσο έξυπνες και αν είναι οι δικαιολογίες σου".

"Αλλά δεν είμαι ο Μιγκέλ".

"Ω, Ραφαέλ, είναι έξυπνος, ε; Αλλά ξέχασε ότι είχε την ταυτότητά του στο σακάκι του".

"Πραγματικά δεν είμαι ο Μιγκέλ".

Κούνησε το κεφάλι του.

"Δεν έχει σημασία ποιος είσαι. Η μοίρα σου είναι σφραγισμένη. Είναι σφραγισμένη είτε μας πεις τι έκανες με τα χρήματα είτε όχι. Αλλά μπορείς να κάνεις τα πράγματα καλύτερα για σένα, αν μας τα πεις όλα. Ο θάνατός σου μπορεί να είναι αργός και πολύ επώδυνος ή γρήγορος. Αν μας πεις αυτά που θέλουμε να μάθουμε, θα είναι γρήγορος. Αν δεν το κάνεις..." κούνησε το κεφάλι του. Τότε τράβηξε πίσω τη γροθιά του και με χτύπησε στο πρόσωπο. Σκληρά.

Με αιφνιδίασε. Το κεφάλι μου γύρισε προς τα πίσω και ένα σωρό αίμα πετάχτηκε από το στόμα μου.

"Έτσι είναι ο πόνος, Μιγκέλ", είπε. "Και είναι μόνο η αρχή."

Το κινητό του τηλέφωνο χτύπησε. Το έβαλε στο αυτί του.

"Ναι; Ναι; Εντάξει. Είμαστε καθ' οδόν."

Επέστρεψε το κινητό στην τσέπη του.

"Πρέπει να φύγουμε τώρα, Μιγκέλ. Θα επιστρέψουμε. Μην πας πουθενά."

Γέλασαν και οι δύο και βγήκαν από την πόρτα.

Δεν ξέρω πότε θα επιστρέψουν.

Ο γαμημένος ο Μιγκέλ.

Γιατί μου το έκανε αυτό;

**Τέλος**

# ΞΕΠΕΡΝΆΩ ΤΗΝ ΤΖΕΝ

## ΑΠΌ ΤΟΝ ΤΖΑΚ ΝΤ ΜΑΚΛΉΝ

Jake_C_T Ryan@googlemail.com
08/03/2017
Προς: Deborah..Shine@hotmail.co.uk

Γεια σου Ντέμπορα,

Πώς είσαι;

Είδα το προφίλ σου στο Facebook και
εντυπωσιάστηκα πολύ.

Ονομάζομαι Τζέικ Ράιαν και είμαι
πεζοναύτης στις ένοπλες δυνάμεις των
ΗΠΑ. Έχω υπηρετήσει σε διάφορα μέρη του
κόσμου και εργάζομαι ως ειρηνοφύλακας
στην Καμπούλ, στο Αφγανιστάν.

Αυτή τη στιγμή βρίσκομαι σε άδεια στην
Αγγλία, στη γενέτειρά σου – Χάντερσφιλντ
και αναρωτιόμουν αν θα μπορούσαμε να
συναντηθούμε.

Έχουμε πολλά κοινά και το προφίλ σου λέει ότι θα ήθελες να γνωρίσεις έναν στρατιωτικό.

Αν θέλεις να μάθεις για μένα, είμαι ένας τύπος που δεν θα σε απογοητεύσει ποτέ.

Είμαι στους πεζοναύτες για σχεδόν 27 χρόνια και σύντομα θα συνταξιοδοτηθώ.

Όταν συνταξιοδοτηθώ, θα ξεκινήσω μια νέα ζωή ως πολίτης και θα ήταν υπέροχο αν μπορούσα να την ξεκινήσω με μια γυναίκα σαν εσένα.

Λες ότι σου αρέσει το κάρυ. Τα αγαπημένα μου φαγητά είναι με κάρυ και έχω αρχίσει να προτιμώ τις αγγλικές μπύρες.

Έχω επισυνάψει μερικές φωτογραφίες μου. Ελπίζω να σου αρέσει αυτό που βλέπεις.

Θα ήθελες να μου πεις λίγα πράγματα για τον εαυτό σου;

Σε ευχαριστώ πολύ, ανυπομονώ να λάβω την απάντησή σου..

Τους θερμότερους χαιρετισμούς μου
Τζένκ

———

Deborah..Shine@hotmail.co.uk

08/03/2017
Προς: Jake_C_T Ryan@googlemail.com

Αγαπητέ Τζέικ,

Σε ευχαριστώ για το ευχάριστο ημέηλ σου..
Δεν μπορώ να σου πω πόσο ενθουσιασμένη
ήμουν που το έλαβα. Για να είμαι ειλικρινής
μαζί σου, , περνάω μια δύσκολη περίοδο τον
τελευταίο καιρό, επειδή πέθανε ένας στενός
μου φίλος, και το μήνυμά σου μου έδωσε
πραγματικά ώθηση.

Φυσικά και θα ήθελα πολύ να σε γνωρίσω.

Να ένα ενδιαφέρον γεγονός για μένα: Είμαι
οπαδός των βιοτεχνικών μπυρών, ειδικά της
pale ale. Να και ένα άλλο: Έχω ελεύθερο
χρονο για να συναντηθούμε κατά τη
διάρκεια της ημέρας, κάτι που θα ήταν
τέλειο καθώς είσαι σε άδεια.

Αφού σου αρέσουν τα κάρυ, τι θα έλεγες να
σου μαγειρέψω ; Θα μπορούσα να έρθω στο
σπίτι σου με τα υλικά και εσύ να πάρεις
μερικές μπύρες για να τις πιείς.

Αύριο θα ήταν τέλεια για μένα. Θα
μπορούσα να περάσω να σε δω, ας πούμε,
στις 12:00 το μεσημέρι και να περάσω μια
ώρα μαγειρεύοντας για σένα. Μετά θα
μπορούσαμε να φάμε, να κουβεντιάσουμε
και να γνωριστούμε καλύτερα.
Τι λες γι' αυτό;

Και αν είσαι έτοιμος, ποια είναι η διεύθυνσή σου;

Τις καλύτερες ευχές,
Ντέμπορα


———


Jake_C_T Ryan@googlemail.com
08/03/2017
Προς: Deborah..Shine@hotmail.co.uk

Γεια σου Ντέμπορα,

Σε ευχαριστώ που μου απάντησες τόσο γρήγορα.

Αυτό θα ήταν υπέροχο!

Μένω στο διαμέρισμα 5 στο Μερίντιαν στην πλατεία του Αγίου Γεωργίου.

Τα λέμε αύριο το μεσημέρι!

Θα έχω μερικές μπύρες στο ψυγείο!!!

Θερμότατους χαιρετισμούς και σε ευχαριστώ πολύ - μου έφτιαξες τη μέρα!

Τζέηκ


———


Jake_C_T Ryan@googlemail.com

14/03/2017
Προς: Deborah..Shine@hotmail.co.uk

Γεια σου Ντέμπορα,

Δυστυχώς δεν μπορώ να σε συναντήσω σήμερα. Φαίνεται ότι έχω γρίπη. Θα επικοινωνήσω μαζί σου μόλις νιώσω καλύτερα.

Αγάπη
Τζέηκ

———

Deborah..Shine@hotmail.co.uk
14/03/2017
Προς: Jake_C_T Ryan@googlemail.com

Αγαπητέ Τζέικ,

Λυπάμαι που έχεις γρίπη.

Και σε ευχαριστώ για ένα υπέροχο απόγευμα! Πραγματικά χάρηκα που σε γνώρισα.

Υποσχέθηκα ότι θα σου έδινα κάποια χρήματα, αλλά δεν πρόκειται να μπω στον κόπο. Δεν έχει νόημα. Θα σου εξηγήσω γιατί.

Θα σου εξηγήσω επίσης γιατί δεν θα έκανα

σεξ μαζί σου. Σου είπα ότι είχα περίοδο,
αλλά ειλικρινά, αυτό ήταν ψέμα.

Το Ντέμπορα Σάϊν δεν είναι το πραγματικό
μου όνομα. Αυτός δεν είναι ο πραγματικός
μου πάροχος ηλεκτρονικού ταχυδρομείου.
Και η διεύθυνση IP που χρησιμοποιώ δεν
συνδέεται με κανέναν ανιχνεύσιμο τρόπο
με εμένα.

Η στενή μου φίλη Τζεν (όχι το πραγματικό
της όνομα) εξαπατήθηκε από έναν
άνθρωπο σαν εσένα. Αυτοκτόνησε.

Από τότε, είναι η προσωπική μου αποστολή
να κάνω τον κόσμο ένα ασφαλέστερο μέρος
για τις γυναίκες, αφαιρώντας το είδος σας
από την επιφάνεια του πλανήτη.

Δεν έχεις γρίπη.

Έχεις φάει μια πλούσια μερίδα αρνί με
Θάλλιο.

Λυπάμαι για τον ακατάστατο θάνατο που
έρχεται σύντομα στο δρόμο σου.

Ειλικρινά δική σου,
Ντέμπορα

**Τέλος**

# Ο ΓΙΓΆΝΤΙΟΣ ΑΡΟΥΡΑΊΟΣ ΤΗΣ ΣΟΥΜΆΤΡΑΣ ΚΑΙ Ο ΖΑΚ

## ΑΠΌ ΤΟΝ ΜΆΡΤΙΝ ΜΟΎΛΙΓΚΑΝ

Ο ΓΙΓΆΝΤΙΟΣ ΑΡΟΥΡΑΊΟΣ ΤΗΣ ΣΟΥΜΆΤΡΑΣ: αυτό ήταν το όνομά του στο εμπόριο. Ένα όνομα που ειπώθηκε με έναν τρομαγμένο ψίθυρο. Μια μυθική φιγούρα που άφηνε στα σημεία που σκότωνε ζωντανές άκρες ποδιών, που ακόμα σπαρταρούσαν και έσφυζαν από αίμα. (Του άρεσε να δουλεύει με τσεκούρι.) Μισός Ινδονήσιος, μισός Ρώσος, έλεγαν ότι είχε ύψος 1,80 μ. και βάρος μάχης σχεδόν 300 κιλά. Μια φορά ίσιωσε με τα γυμνά του χέρια ένα λυγισμένο μπαστούνι μπροστά στους καλεσμένους του στο τζάκι ενός καταλύματος πέντε αστέρων στις Άλπεις (ο Ρώσος ολιγάρχης οικοδεσπότης τους βρέθηκε ακέφαλος στο κρεβάτι του το επόμενο πρωί).

Ο γιγάντιος αρουραίος της Σουμάτρας, εν συντομία, δεν ήταν από τους τύπους που θέλεις να συναντήσεις - πόσο μάλλον να προσπαθήσεις να "εξοντώσεις". Αλλά ήταν αρκετά ξεκάθαρο μέχρι τώρα ότι θα ήταν αυτός ή εγώ. Και είμαι μόνο μαθητής, για όνομα του Θεού, θα έπρεπε να είμαι έξω και να μαζεύω Πόκεμον!

Ας γυρίσουμε λίγο πίσω για να βάλουμε αυτό το πράγμα σε μια προοπτική. Ποιος, θα ρωτήσετε, θα ήθελε να σκοτώσει ένα κοκκινομάλλικο , με φακίδες , γυαλιστερό, όχι ακριβώς 12χρονο παιδί του σχολείου που τυχαίνει να έχει μια ταυτότητα ελεύθερου επαγγελματία μερικής απασχόλησης που εργάζεται από το σπίτι;

Πολλοί άνθρωποι, στην πραγματικότητα, αν αυτό το παιδί τυχαίνει να είναι ένας προεφηβικός προπελαύνων (με IQ πάνω από 200) που ειδικεύεται σε εμπιστευτικές δολοφονίες που έχουν βαρύ τίμημα. Επίσης, με ένα διεθνές δίκτυο και έναν υπεράκτιο λογαριασμό στα νησιά Κέιμαν. Το ξέρω, το ξέρω. Ακολουθούν όλα εκείνα τα αστεία με τα πολυμαθή τέρατα, τα παιδιά-θαύματα των ντετέκτιβ για τα πρόωρα σχολιαρόπαιδα σε ένα περιβάλλον στα προάστια. Είναι ακόμα πιο αστείο όταν μαθαίνεις ότι, αν και ζει στο σπίτι με τη μαμά του, είχε ξεπεράσει το γεγονός ότι του είχε ραγίσει την καρδιά ένας νάνος από τσίρκο. (Αλλά αυτό είναι μια άλλη ιστορία.)

Όλα ξεκίνησαν με ένα email που έκανα το λάθος να το ανοίξω αντί να το στείλω κατευθείαν στον κάδο απορριμμάτων. Αλλά παίρνω την περισσότερη δουλειά μου με αυτόν τον τρόπο, οπότε μερικές φορές δεν έχω άλλη επιλογή από το να παρακάμψω το ένστικτό μου. Τέλος πάντων. Ο αποστολέας ήθελε να μάθει αν μπορούσα να βρω μια πηγή κόκκινου υδραργύρου. Η υποσχόμενη αμοιβή ήταν κολοσσιαία. Έπρεπε να είναι. Κόκκινος υδράργυρος είναι η αργκό του υποκόσμου για τα καύσιμα από παροπλισμένους πυρηνικούς σταθμούς. Δεν έχει ειρηνικές - ούτε καν ακίνδυνες - εφαρμογές. Θα έπρεπε να είχα απορρίψει το email για δεύτερη φορά όταν είδα αυτή τη φράση. Αλλά δεν το έκανα.

Έτσι, βρέθηκα ξαφνικά μέχρι το λαιμό σε ένα κλασικό δίλημμα εγκληματικής ιστορίας. Ως υποψήφιο θύμα, αυτό δεν με παρηγορούσε καθόλου. Είχα ακολουθήσει μια πρόταση για δουλειά που θα έπρεπε να είχα διαγράψει αμέσως. Τώρα ήξερα πάρα πολλά και είχα μπει πολύ βαθιά για να ξεφύγω χωρίς σοβαρές συνέπειες. Θανατηφόρες συνέπειες, για την ακρίβεια. Θανατηφόρες, δηλαδή, για μένα.

Τα βασικά σημεία, λοιπόν: Ήμουν ακόμα συντετριμμένος μετά την Τζαντβίγκα, τόσο απασχολημένος με την εγκληματική μου καριέρα που είχε επηρεάσει την κρίση μου και τώρα είχα μπλέξει πολύ άσχημα με μια τρομοκρατική οργάνωση της Τσετσενίας που κανείς άλλος δεν ήξερε καν ότι υπήρχε. Δεν μου άρεσε να σκέφτομαι τι σκόπευαν να κάνουν με τον Κόκκινο Ερμή, αν όντως έπαιρναν κάποιον στα χέρια τους. Αλλά το ερώτημα ήταν ακαδημαϊκό. Η ενέργειά μου ήταν επικεντρωμένη στο να βγω ζωντανός και σώος από αυτό το ατομικό χάος.

Καθόλου απλή υπόθεση όταν τυχαίνει να αντιμετωπίζεις το πιο φοβερό αρπακτικό ενέδρας στη δουλειά. Φυσικά, υπήρχε και η περίπλοκη ζωή μου στο σπίτι και στο σχολείο. Αλλά θα φτάσουμε και σ' αυτό.

———

Η είδηση ότι ο γιγάντιος αρουραίος της Σουμάτρας ερχόταν να με σκοτώσει διέρρευσε τυχαία. Ήταν μόνο μια φρικτή τύχη που το έμαθα, πριν καταλήξω όπως τα αμέτρητα άλλα θύματά του, μια ακόμα μύγα που σκορπίστηκε στο παρμπρίζ ενός φορτηγού που έτρεχε με μεγάλη ταχύτητα.

Συνέβη ως εξής. Ένας αλκοολικός πληροφοριοδότης που μετατράπηκε σε σούπερ γκρας (Στόγιαν Στογιάνοβιτς ήταν το ψευδώνυμό του, τον είχα χρησιμοποιήσει μια φορά σε μια δουλειά στη Σόφια) μου τηλεφώνησε από ένα κελάρι κάπου στα Βαλκάνια. Μιλήσαμε μόνο για περίπου 90 δευτερόλεπτα, αλλά το χέρι μου έτρεμε όταν έβαλα το κινητό μου πίσω στην τσέπη μου. Αυτό ήταν λοιπόν. Είχαν δώσει στον γιγαντιαίο αρουραίο της Σουμάτρας τα "στοιχεία επικοινωνίας" μου. Του είχαν μάλιστα στείλει τα χρήματα για την αποστολή εκ των προτέρων.

Για να σας δώσω μια ιδέα γιατί έτρεμαν τα χέρια μου, εδώ είναι μια από τις ιστορίες που κυκλοφορούν για τον γιγαντιαίο αρουραίο. Είναι το είδος των πραγμάτων για τα οποία κουτσομπολεύουν οι άνθρωποι της δουλειάς μου μερικές φορές πάνω από ένα ποτό αργά το βράδυ σε ένα λόμπι ξενοδοχείου στη Μανίλα ή σε ένα μπαρ στο Σικάγο.

Ενώ ήταν ακόμα ένας νεαρός απατεώνας, ο νεαρός και χωρίς γένια Γίγαντας Αρουραίος της Σουμάτρας ανέλαβε ρόλο υποστήριξης σε μια δολοφονία ενός καπό σε ένα εστιατόριο της Μικρής Ιταλίας στο Μανχάταν. Θα ενεργούσε ως τσιλιαδόρος και οδηγός διαφυγής. Όμως, μια πληροφορία σήμαινε ότι ο capo και οι άνθρωποί του περίμεναν την ομάδα δολοφονίας όταν εισέβαλαν στο πολυσύχναστο εστιατόριο την ώρα του μεσημεριανού γεύματος. Κάθε μέλος της ομάδας εκτέλεσης πέθανε φρικτά επί τόπου. Εν τω μεταξύ, τρεις από την ομάδα του καπετάνιου, όλοι με πιστόλια, έστησαν ενέδρα στον νεαρό Γιγάντιο Αρουραίο t πιο πάνω στο τετράγωνο, καθώς αυτός καθόταν και περίμενε πίσω από το τιμόνι του αυτοκινήτου διαφυγής. Έκαναν το λάθος να σκεφτούν ότι επειδή ήταν απλώς ένα παιδί (ομολογουμένως, ένα πολύ μεγάλο παιδί) θα μπορούσαν να τον συλλάβουν για ανάκριση. Βγήκε από το αυτοκίνητο με τα χέρια του υψωμένα, έβγαλε το σίδερο λάστιχου που είχε κρυμμένο στο μανίκι του και έσπασε τα μυαλά και των τριών επιτιθέμενων. Τους άφησε στο πεζοδρόμιο να μοιάζουν με τα τρία γουρουνάκια. (Τρεις σωσίες, δηλαδή, του Πίγκι από τον Άρχοντα των Μυγών.) Καταλάβατε την ιδέα. Το υπόλοιπο της καριέρας του είχε εκπληρώσει επαρκώς τις πρώιμες υποσχέσεις που έδειξε αυτό το επεισόδιο. Τώρα καταλαβαίνετε γιατί ήμουν νευρικός.

Αναλογιζόμενος τα υπέρ και τα κατά, μου φάνηκε ότι ένα από τα ελάχιστα πλεονεκτήματά μου ήταν ότι ο γιγάντιος αρουραίος της Σουμάτρας ήταν βέβαιο ότι θα ήταν εμφανής στο υπνωτισμένο, καταπράσινο προαστιακό χωριό μου. Δεν θα του ήταν εύκολο να με πλησιάσει χωρίς να τραβήξει την προσοχή. Έτσι θα έπρεπε να είναι γρήγορος και σχεδόν σίγουρα μεταμφιεσμένος. Ήταν γελοίο, κατά κάποιο τρόπο. Πώς να μεταμφιεστείς αν τυχαίνει να είσαι ένας ογκώδης, σαν τανκ, με διαστάσεις παλαιστή σούμο, που προσπαθεί να ταιριάξει αληθοφανώς σε ένα ευημερούν προαστιακό περιβάλλον στη Νότια Αγγλία; Ένα μέρος που βρίθει από χειροποίητα καφενεία και οικολογικά ντελικατέσεν, χωριά με πράσινο, πλακόστρωτες πλατείες, γκαλερί τέχνης και μελίχρωμες αρχαίες εκκλησίες. Θα ήταν συναρπαστικό να το ανακαλύψω (ακόμα κι αν ερχόταν ρητά για να με σκοτώσει).

———

Βοήθησε και το γεγονός ότι έλειψα από το σχολείο για λίγες ημέρες λόγω μιας από τις "μυστηριώδεις ασθένειες" μου. Προκειμένου να αφοσιωθώ στη μυστική ζωή μιας "καθαρίστριας" που δραστηριοποιείται μέσω του σκοτεινού διαδικτύου, πρέπει να λείπω από το σχολείο αρκετά συχνά. Αυτή ήταν μια από αυτές τις φορές. Επίσης, έπαιξε ακριβώς στα χέρια μου το γεγονός ότι η μαμά μου έλειπε για δύο νύχτες σε ένα συνέδριο του Grand Designs στο Λονδίνο, αφήνοντάς με προς στιγμήν παιδί με κλειδί στο σπίτι. Όλα αυτά με βόλευαν μια χαρά. Αλλά την Παρασκευή έπρεπε να επιστρέψω στην τάξη, αλλιώς θα υπήρχαν προβλήματα από τις σχολικές αρχές. Δεν μπορούσα να επιτρέψω να συμβεί κάτι τέτοιο. Δεν μπορούσα να έχω ανθρώπους που να εξετάζουν πολύ προσεκτικά τον τρόπο ζωής μου. Επίσης, η μαμά μου δεν ήταν εδώ για να μου φτιάξει σάντουιτς. Έτσι, την Παρασκευή, όταν ο γιγάντιος αρουραίος δεν είχε κάνει ακόμα την κίνησή του, ένας συνδυασμός ανίας και πείνας με οδήγησε πίσω στον περίβολο του σχολείου.

Το κουδούνι χτύπησε για την ώρα του σχολικού δείπνου. Ποτέ δεν το απολάμβανα, αλλά ζούσα για το μεγαλύτερο μέρος της εβδομάδας με Shreddies και σάντουιτς με κρέμα σαλάτας. Κατευθύνθηκα προς την τραπεζαρία. Αναδιπλούμενα τραπέζια, κατσαρόλες και αντηχητικές επιφάνειες, όλα πολύ καλά φωτισμένα. Δεν ήταν ένα σκηνικό που ανυπομονούσα να καταλάβω, αφού είχα υπομείνει πάρα πολλά άχαρα γεύματα και μαθητικές αψιμαχίες σε εκείνο το μέρος όλα αυτά τα χρόνια. Αλλά σήκωσα τους ώμους μου μέσα στο χοντρό μαύρο σακάκι μου και μπήκα στην ουρά για την πίτα cottage στην πρώτη καταπακτή σερβιρίσματος.

Το παιδί μπροστά μου ήταν ένας άθλιος έκτος πρώην που πραγματικά φανταζόταν τον εαυτό του. Είχε κάποιου είδους ανταλλαγή απόψεων, γεμάτη υπονοούμενα, με μια αλαζονική, κυρία που χαχάνιζε στο δείπνο και που φορούσε πολύ μακιγιάζ. "Μου αρέσει μια τάρτα που και που", της χαμογελούσε, "μια τάρτα με κρέμα, φυσικά". Μπορούσα να δω καθαρά τη γυναίκα στην οποία μιλούσε στα δεξιά μου. Η ανόητη ανταλλαγή απόψεων τους με αποσυντόνισε για μια στιγμή, ώστε να μην κοιτάζω ευθεία μπροστά την άλλη κυρία του δείπνου που βρισκόταν ακριβώς απέναντί μου στην καταπακτή. Όταν έστρεψα το κεφάλι μου, με σκοπό να ζητήσω την πίτα με το κοτόπουλο (όχι τα ζυμαρικά), δεν είδα κανένα πρόσωπο αλλά μόνο ένα κορδόνι που κρεμόταν στο κανονικό ύψος του κεφαλιού. Έφερε ένα κουμπί ταυτότητας και τις λέξεις: Ματίλντα Μπριγκς Προσωπικό Προμηθειών Δείπνου.

Εκείνη τη φοβερή στιγμή πριν βεβαιωθώ, καθώς διάβασα το πλαστικό κορδόνι που κρεμόταν από το λαιμό της τεράστιας φιγούρας και έσκυψα το λαιμό μου για να δω το πρόσωπό της, πήδηξα αντανακλαστικά προς τα πίσω. Ήταν μια σωτήρια κίνηση. Ένα ακονισμένο κουτάλι σερβιρίσματος που έμοιαζε με φτυάρι έκοψε τον αέρα σαν δρεπάνι εκεί που πριν από ένα νανοδευτερόλεπτο βρισκόταν το κεφάλι μου.

Κοιτούσα τη μεγαλύτερη και πιο ογκώδη κυρία που έχετε δει ποτέ, με μια κολαριστή λευκή ποδιά με περίμετρο ιγκλού. Τα ξανθά μαλλιά σε τούφες ξεχείλιζαν στους απίθανα φαρδιούς ώμους της φιγούρας. Τα μάτια ήταν σχεδόν κρυμμένα κάτω από μια φράντζα από το ίδιο υλικό.

Ναι, ο λυσσαλέος, με τα περούκα, γιγάντιος αρουραίος της Σουμάτρας ετοιμαζόταν να ορμήσει μέσα από την καταπακτή του σερβιρίσματος για να με συνθλίψει με μια αγκαλιά γκρίζα.

Έπρεπε να του δώσω τη μάχη με κάποιο τρόπο. Πέταξα τον εαυτό μου στην καταπακτή σερβιρίσματος και είδα μια αναλαμπή έκπληξης να περνάει από το πρόσωπο του ογκώδους επιτιθέμενου μου. Περίμενε ότι θα έτρεχα. Αντ' αυτού, πήδηξα σβέλτα μέσα από την καταπακτή, ακουμπώντας τον μηρό του που έμοιαζε με ιπποπόταμο καθώς πέρασα και προσγειώθηκα περίπου ένα μέτρο πίσω από την πλάτη του, πριν προλάβει να γυρίσει.

Ψάχνοντας το ρολόι μου, κατάφερα να ανοίξω το ατσάλινο σύρμα από βολφράμιο που ήταν προσαρτημένο στο κουμπί κουμπώματος του ρολογιού. Όλη αυτή η κοροϊδία στην παιδική χαρά από τους συνομηλίκους μου για το ρολόι μου με τον Μίκυ Μάους ξαφνικά άξιζε τον κόπο. Είχε κοστίσει μια περιουσία για να το παραγγείλω από έναν παράνομο ειδικό, αλλά πάντα ένιωθα στο πετσί μου ότι κάποια στιγμή θα μου το ξεπλήρωνε ακριβά.

Με ένα άλλο άλμα κατάφερα να γυρίσω το ρολόι-γκαρότα πάνω από το κολοκυθοειδές κεφάλι του και να το βάλω σε θηλιά γύρω από τον κιονόκρανο λαιμό του. Τότε ήταν το μόνο που μπορούσα να κάνω για να μείνω στη θέση μου στην πλάτη του, καθώς το σύρμα δάγκωνε βαθιά και άρχισε να κουνιέται και να χτυπιέται σαν μια τεράστια ψαρομαρλίνα στη θάλασσα.

Ω, ήταν ένας χαρούμενος καβγατζής. Πήδηξε μέσα από την καταπακτή σερβιρίσματος με εμένα στην πλάτη του. Πρέπει να μοιάζαμε σαν κάτι βγαλμένο από την εκδοχή του Ιωνά και της φάλαινας της Ντίσνεϋ. Η ζαρντινιέρα έσφιγγε και είχε ήδη αρχίσει να με πονάει στους καρπούς και τα χέρια μου. Προσγειώθηκε στα τέσσερα με μια κραυγή πόνου και οργής ενός θηρίου, ανασηκώθηκε και πέρασε σαν εκχιονιστικό μηχάνημα μέσα από τα τραπέζια της τραπεζαρίας, σκορπίζοντας πιάτα με ζυμαρικά και πίτες με κοτόπουλο προς όλες τις κατευθύνσεις, υπό κραυγές και φωνές πλέον. Εγώ με κάποιο τρόπο ήμουν ακόμα προσκολλημένη στην πλάτη του σαν βρέφος αναβάτη του ροντέο. Αλλά δεν μπορούσαμε να συνεχίσουμε έτσι, ήταν γελοίο.

Είδα τη διευθύντρια να μπαίνει στην αίθουσα με στόμα σαν "Ο" και τα δύο χέρια ψηλά στο πρόσωπό της. Ο γιγάντιος αρουραίος της Σουμάτρας πέρασε από μπροστά της, ενώ εγώ ήμουν σχεδόν κρυμμένος σαν σαύρα στην πλατιά του πλάτη. Χτύπησε με τον ώμο του μια κολόνα στη Reception και έβγαλε άλλη μια κραυγή πόνου. Το οποίο αντήχησα έντονα, αφού η κολόνα με χτύπησε με ένα χτύπημα στην αριστερή πλευρά του κεφαλιού μου καθώς περνούσαμε.

Η πρόσκρουση με ξεσήκωσε, τα χέρια μου μούδιασαν από το σφίξιμο του ρολογιού-γκαρότα του Μίκυ Μάους που είχε αφήσει μια πληγή που έριχνε μια λεπτή κουρτίνα αίματος από το λαιμό και το λαιμό του γιγάντιου αρουραίου. Έσπασε τις πόρτες της εισόδου του σχολείου και όρμησε στο δρόμο σαν ταύρος-ελέφαντας φορώντας μια κολλημένη λευκή ποδιά. Στη συνέχεια εξαφανίστηκε από την μπροστινή πύλη (έξω από την οποία βρέθηκε μια τεράστια ξανθιά περούκα από την αστυνομία αργότερα την ίδια μέρα).

Υπήρχαν ερωτήσεις, φυσικά, ατελείωτες ερωτήσεις. Μέσα στη σύγχυση, το μόνο που είχε δει κανείς ήταν ότι φαινόμουν να πηδάω στην κουζίνα από την καταπακτή υπηρεσίας. Τότε ένας τεράστιος τρελός οργίασε μέσα στην τραπεζαρία. Άλλα παιδιά είχαν παραμεριστεί και είχαν πανικοβληθεί από την ορμή του γιγαντιαίου αρουραίου. Κάποια από αυτά ήταν υστερικά και πολυλογά, παίρνοντας ευτυχώς τα φώτα της δημοσιότητας από πάνω μου. (Αυτός ο κλαψιάρης, ο Αντριαν Γκάπερ – Τζόνσον, για παράδειγμα, ήταν θεόσταλτος. Ήταν γεμάτος μελανιές, σάλτσα και κιμά και φώναζε τη μητέρα του καθώς η αστυνομικός προσπαθούσε να τον ηρεμήσει).

Είπα στην αρχι - συμμορίτισσα και στην αστυνομία ότι είχα απλώς γαντζωθεί στο μανίκι του "κακού ανθρώπου", αρμέγοντας όσο άξιζε αυτή την παιδική φαντασίωση του ήρωα των Famous Five που έχουν-έχει-να-πάει (το μόνο που μου έλειπε ήταν ο Τίμι ο σκύλος για υποστήριξη). Κανείς δεν σκέφτηκε να με συνδέσει με το επεισόδιο με κάποιον βαθύτερο τρόπο, επειδή δεν είχε κανένα νόημα, εκτός αν γνώριζε τη μυστική μου ζωή. Αντίθετα, όλοι ανησυχούσαν βαθιά για μένα. Κατάφερα να κάνω ένα βουνό από το καρούμπαλο-κολοκύθα στον αριστερό μου κρόταφο. Το δέρμα είχε σκιστεί και φαινόταν αρκετά εντυπωσιακό. Παρ' όλα αυτά, ανακουφίστηκα όταν τελικά με έστειλαν σπίτι μου με το περιπολικό και με άφησαν να παραλείψω τα απογευματινά μαθήματα (γιουκαλίλι και πληροφορική).

―――――

Μια πολύ αδέξια αποτύπωση του Γιγάντιου Αρουραίου από έναν καλλιτέχνη της αστυνομίας ήταν κολλημένη στον πίνακα ανακοινώσεων στην υποδοχή τη Δευτέρα το πρωί, όταν μαζευτήκαμε όλοι για τη συγκέντρωση. Το γεγονός ότι του είχα κάνει μια γρατζουνιά έκανε τα πράγματα χειρότερα, σκέφτηκα. Στη δουλειά μου, δεν είναι ποτέ καλή ιδέα να πληγώνεις αυτό που δεν μπορείς να σκοτώσεις. Θα ήταν πιο θυμωμένος τώρα. Ίσως αυτό να θόλωνε την κρίση του και να ήταν υπέρ μου. Αλλά χρειαζόμουν ενισχύσεις, αυτό ήταν σίγουρο. Έτσι ήταν μια καλή στιγμή να καλέσω τον Μπομπ τον Γρουσούζη.

Ο Μπομπ ο Γρουσούζης διευθύνει μια αποθήκη υδραυλικών και εμπόρων σε μια γειτονική πόλη περίπου τέσσερα μίλια μακριά. Πήγα εκεί με το ποδήλατό μου μόλις τελείωσε το σχολείο. Έχω ένα μοντέλο με σκελετό από ανθρακονήματα που είναι στιβαρό αλλά ελαφρύ και είναι ο κύριος τρόπος άσκησης και μεταφοράς μου, οπότε είμαι αρκετά ευκίνητος πάνω του.

Το κουδούνι του καταστήματος χτύπησε με ένα παλιομοδίτικο κουδούνισμα όταν πάτησα το ορειχάλκινο κουμπί δίπλα στη βαριά δρύινη πόρτα. Μετά από μια μακρά στιγμή, ενώ η κρυφή κάμερα με εξέταζε, ο Μπομπ ο Γρουσούζης με άφησε να μπω. Δεν μπορείς να είσαι πολύ προσεκτικός στις μέρες μας στο μεσιέ του, για το οποίο η οθόνη των υδραυλικών - εμπόρων είναι το τέλειο καμουφλάζ. Ο Μπομπ ο Γρουσούζης είναι ο τύπος που θα σε βοηθήσει όταν έχεις ένα πρόβλημα σαν αυτό που είχα εγώ. Αλεξίσφαιρη θωράκιση, αυτόματο οπλισμό, εξοπλισμό παρακολούθησης, νάρκες Claymore- ό,τι θέλετε, ο Bob the Jinx θα το έβρισκε (αν δεν το είχε ήδη). Και θα σας το πουλούσε σε μια τιμή που θα έβγαζε μάτια. Εν ολίγοις, τον καταλάβαινα και τον συμπαθούσα τον τύπο (ο Μπομπ ο Γρουσούζης ήταν αυτός που μου είχε προμηθεύσει το ρολόι- γκαρότα του Μίκι Μάους).

Ο Μπομπ ο Γουσούζης ήταν απασχολημένος με τη συγκόλληση κάποιου αντικειμένου σε μια μέγγενη στο πίσω μέρος του σκονισμένου, ζοφερού μαγαζιού του. Σήκωσε το γείσο του και έβγαλε το ανάποδο καπέλο του μπέιζμπολ για να σκουπίσει το μέτωπό του όταν πλησίασα.

"Γεια σου, Μπομπ", είπα.

"Ζακ. Πέρασε πολύς καιρός. Πώς είναι τα πράγματα;"

Του μίλησα με μερικές αδρές γραμμές για τον γιγάντιο αρουραίο της Σουμάτρας και την "κατάστασή" μου. Σφύριξε απαλά στην αναφορά του διάσημου δολοφόνου. Είπα στον Μπομπ τον Γρουσούζη ότι θα χρειαζόμουν μερικά αντικείμενα, ένα ή δύο από αυτά προσαρμοσμένα. Είναι πολύ αξιόπιστος σε μια δύσκολη κατάσταση. Άκουσε με προσοχή, σημείωσε μερικές σημειώσεις σε ένα tablet και μου είπε να επιστρέψω σε μερικές ώρες. Μέχρι τις επτά η ώρα, ήμουν πίσω στο σπίτι με τα απαραίτητα που μου παρείχε ο Μπομπ ο Γρουσούζης σε έναν άβολο, γωνιώδη, πολύ βαρύ σάκο.

Το σχέδιό μου προέβλεπε ότι η επόμενη φορά που ο γιγάντιος αρουραίος θα προσπαθούσε να με σκοτώσει θα ήταν μετά το σκοτάδι. Για το σκοπό αυτό, άρχισα να κυκλοφορώ με ποδήλατο τη νύχτα με το Avenir Voodoo AT20 Series, εξασφαλίζοντας ότι τα φώτα μου και οι ρουμπινί κόκκινοι ανακλαστήρες μου φαίνονταν σε όλο το χωριό. Έγιναν ένα συνηθισμένο θέαμα. Βγήκαν και άλλα παιδιά, μερικά από αυτά επίσης με ποδήλατα, πράγμα που ήταν καλό. Ήμουν ακόμα ορατός, αλλά δεν έμοιαζα με ανθρώπινο δόλωμα. Ωστόσο, ένα ακαταμάχητο δόλωμα για τον μεγάλο αρουραίο της Σουμάτρας ήταν ακριβώς αυτό που επεδίωκα να γίνω.

Ανατολικά του χωριού, ακριβώς δίπλα στον βαθύ, ταχέως ρέοντα ποταμό Iris, υπάρχει μια βιομηχανική περιοχή που στεγάζει αποθηκευτικές μονάδες και μερικά τοπικά γραφεία επιχειρήσεων: ένα τυπογραφείο, μια αποθήκη, γραφεία προς ενοικίαση, τέτοια πράγματα. Ένα τυπικό προαστιακό επιστημονικό πάρκο. Μια μεταβιομηχανική άψυχη ερημιά, ένα από εκείνα τα ενδιάμεσα μέρη που κανείς δεν επισκέπτεται τη νύχτα ή το Σαββατοκύριακο. Κατέβηκα εκεί λίγο μετά το σκοτάδι και άρχισα να δουλεύω σε μια πλαγιά με γρασίδι κρυμμένη από θάμνους ιπποφαούς που οδηγούσε απότομα (με σχεδόν ιλιγγιώδη πτώση) προς το ποτάμι.

Όλα αυτά χρειάστηκαν αρκετό στήσιμο. Ήταν ζωτικής σημασίας να μην είναι τίποτα ορατό από τη γωνία του δρόμου εκατό μέτρα μακριά, όσο απότομα κι αν ο οδηγός έπαιρνε τη στροφή. Δούλευα με φακό και αυτό έκανε τη δουλειά πολύ πιο δύσκολη απ' ό,τι θα ήταν στο φως της ημέρας. Πέρασαν περίπου δύο ώρες μέχρι να βεβαιωθώ πλήρως ότι η συσκευή και τα εξαρτήματά της που είχε κατασκευάσει και προετοιμάσει για μένα ο Bob the Jinx είχαν ρυθμιστεί και εγκατασταθεί σωστά. Γύρισα, λοιπόν, στο σπίτι για να τελειώσω τις εργασίες μου και να φάω ένα μεξικάνικο γεύμα με τη μαμά μου. Είχε επιστρέψει πλέον από το συνέδριο στο Λονδίνο και μιλούσε ατελείωτα γι' αυτό κατά τη διάρκεια του δείπνου πριν κοιμηθεί νωρίς.

———

Για τέσσερα τέτοια βράδια έκανα ποδήλατο γύρω από το Γουίτσγοντ μόλις άναβαν τα φώτα του δρόμου και έπεφτε το σούρουπο. Τίποτα. Είχα αρχίσει να αναρωτιέμαι αν είχα κάνει λάθος υπολογισμό. Τότε, το βράδυ της Παρασκευής, κάτι συνέβη.

Είχα απομακρυνθεί πολύ από την τοποθεσία που είχα ορίσει για τα αντίμετρά μου, πραγματικά, και αυτό παραλίγο να μου κοστίσει τη ζωή μου. Ίσως άρχισα να αμφιβάλλω για το σχέδιό μου ή απλώς έχασα το κουράγιο μου μετά τη μακρά αναμονή. Κάνοντας ποδήλατο γύρω από τη λασπωμένη ανακτημένη γη στα δυτικά του Γουίτσγοντ, ετοιμαζόμουν να σταματήσω και να εγκαταλείψω το ρόλο μου ως δόλωμα. Τότε το άκουσα: μια σειρήνα, κάπου μακριά. Μια σειρήνα ασθενοφόρου.

Ωχ-ωχ. Γνώριζα αρκετά για τον τρόπο δράσης του και το γενεαλογικό δέντρο του εγκληματία οδηγού του για να συνδέσω αμέσως τις τελείες.

Άρχισα να κάνω πετάλι σαν τρελός προς την αντίθετη κατεύθυνση, μακριά από το θόρυβο του ασθενοφόρου. Πήγαινα κατευθείαν προς το επιστημονικό πάρκο στο ανατολικό χωριό. Η σειρήνα ήταν πιο δυνατή τώρα. Ήταν επίσης ολόκληρη νύχτα ήδη και ένα λεπτό ψιλό ψιλόβροχο είχε αρχίσει να πέφτει καθώς έπαιρνα τον μακρύ καμπυλωτό δρόμο προς τη βιομηχανική περιοχή και πέρασα με σφυροκόπημα τον μίνι κυκλικό κόμβο. Η σειρήνα ήταν, υπολόγισα, μόνο ένα λεπτό πίσω μου τώρα. Γύρισα για να ρίξω μια γρήγορη ματιά.

Και βέβαια, ένα πράσινο-λευκό ασθενοφόρο με φώτα που αναβόσβηναν έβγαζε την τσιριχτή νότα του περίπου 30 δευτερόλεπτα πίσω μου. Ήταν ακόμα πολύ μακριά για να είμαι σίγουρος ποιος ήταν στο τιμόνι, αλλά δεν χρειαζόταν να μου το πουν. Αυτό είχε παντού την υπογραφή του γιγάντιου αρουραίου της Σουμάτρας. Αν αποδεικνυόταν ότι δεν ήταν αυτός, θα έπρεπε απλώς να πάρω πάνω μου το κακό κάρμα αυτού που θα συνέβαινε στη συνέχεια- η κατάσταση δεν μου άφηνε άλλη επιλογή. Αλλά μέσα μου ήξερα ότι ήταν αυτός. Το ήξερα με την απόλυτη βεβαιότητα κάποιου που έχει παγιδευτεί σαν παγίδα σε παγίδα.

Το συνεχές ψιλόβροχο δυσχέραινε την ορατότητα, θολώνοντας τα πάντα πίσω από μια θολή κουρτίνα στη νατριούχο λάμψη των φώτων του δρόμου που αραίωναν πιο κοντά στη βιομηχανική περιοχή.

Τα πάντα θα εξαρτιόνταν από τον συγχρονισμό μου. Ο γιγάντιος αρουραίος μπορούσε να δει εμένα και τη μοτοσικλέτα μου μόνο από πίσω, καθώς έστριβα απότομα αριστερά και έπεφτα από το δρόμο προς τον φράχτη από ιτιές και την πλαγιά.

Έσκυψα σε μια ολίσθηση που εκτίναξε το ποδήλατο μακριά από κάτω μου, αφήνοντάς το να πάει όπου ήθελε, συγχρονίζοντας τη δική μου ολίσθηση με το σώμα μου, ώστε να θάψω τον εαυτό μου βαθιά εκτός ορατότητας του δρόμου, ανάμεσα στους κορμούς των δέντρων ιπποφαούς. Είχα απομακρυνθεί περίπου 20 μέτρα από το σημείο όπου είχα στήσει την παγίδα. Αν ο οδηγός του ασθενοφόρου χτυπούσε τώρα τις άγκυρές του, αυτό θα σήμαινε ότι ο γιγάντιος αρουραίος με είχε ξεχωρίσει με κάποιο τρόπο καθαρά παρά τη βροχή και το σκοτάδι. Τότε το παιχνίδι θα τελείωνε και θα ήμουν τελειωμένος.

Το ασθενοφόρο πέρασε, με τη σειρήνα ακόμα σε λειτουργία. Με έχασε! Είχε τσιμπήσει το δόλωμα! Ακριβώς όπως το είχα σχεδιάσει, το ασθενοφόρο πέρασε μανιωδώς δίπλα μου στην κρυψώνα μου, κατευθείαν προς τον ρουμπινί-κόκκινο ανακλαστήρα που έκλεινε το μάτι στον καμουφλαρισμένο τρίποδα που ο Μπομπ οΓρουσούζης είχε κατασκευάσει κατά παραγγελία στις προδιαγραφές μου και είχε στήσει με τόση επιμέλεια στους θάμνους από ιτιές στην πλαγιά του ποταμού. Οδηγώντας με ταχύτητα μέσα στο βροχερό σκοτάδι, ο γιγάντιος αρουραίος νόμιζε ότι έβλεπε ακόμα το φανάρι μου. Είχε στρίψει ξαφνικά εκτός δρόμου (βρίζοντας τρομερά, χωρίς αμφιβολία) για να συνθλίψει και να εξολοθρεύσει ποδήλατο και αναβάτη.

Άκουσα το θαμπό χτύπημα της Κλέιμορ να εκρήγνυται καθώς το ασθενοφόρο πυροβόλησε μέσα από το παραβάν των θάμνων (μεταφέροντας μαζί του σε έναν προφυλακτήρα τον ανακλαστήρα που έμοιαζε με το πίσω φως μου).

Τα θραύσματα της νάρκης που εκτοξεύτηκε έβγαλαν το παρμπρίζ και το μεγαλύτερο μέρος της εξωτερικής πλευράς του οδηγού, βομβαρδίζοντας την καμπίνα του οδηγού με ένα θανατηφόρο χαλάζι και μια δύναμη που έγειρε το ασθενοφόρο πλάγια στον αέρα.

Το μεγάλο λευκό όχημα περιέγραψε ένα τεμπέλικο τόξο στη νύχτα, με τους προβολείς να φωτίζουν για ένα δευτερόλεπτο το ποτάμι από κάτω. Εκείνα τα σκοτεινά, βαθιά, θανατηφόρα νερά. Εκείνα τα φοβερά θανατηφόρα νερά που πνίγουν αρουραίους. Η σειρήνα βόμβησε σε μια ξαφνική σιωπή, καθώς το δυνατό, νωχελικό ρεύμα του ποταμού πήρε το ασθενοφόρο που βυθιζόταν στην αγκαλιά του με το σχεδόν μηδενικό ψύχος.

Οι νυχτερίδες φτερούγιζαν, τα ποντίκια τσίριζαν δίπλα στα πήγαινε – έλα του ποταμού Ίρις, τα νερά του οποίου ήταν κρύα, πιο κρύα, πιο κρύα, πιο κρύα καθώς ο γιγάντιος αρουραίος κατέβαινε για να ξεκουραστεί. Οι προβολείς εξασθένησαν, μετά έσβησαν, και όλα ήταν ακίνητα εκτός από ένα τελευταίο βουβό, θαμπό, βαρύ γουργουρητό καθώς το όχημα βυθίστηκε από το οπτικό πεδίο κάτω από το νερό, ενώ η κάθοδός του σηματοδοτήθηκε φευγαλέα από μια μεταλλική, ελαιώδη, δίνη με φουσκάλες.

Ο γιγάντιος αρουραίος της Σουμάτρας δεν πέθανε εκείνη τη νύχτα. Αλλά μόνο με την έννοια ότι ένας θρύλος δεν πεθαίνει ποτέ. Το πτώμα ενός διαβόητου Ινδονήσιου-Ρώσου δολοφόνου ανασύρθηκε από τα συντρίμμια ενός κλεμμένου ασθενοφόρου όταν ήρθε στο φως εβδομάδες αργότερα. Αυτές τις μέρες οι ιστορίες που διηγούνται ξανά όταν πέσει το σκοτάδι από τους συνομηλίκους μου σε μπαρ από τη Σιγκαπούρη μέχρι το Σικάγο αφορούν εμένα.

**Τέλος**

# ΔΙΚΑΙΟΣΎΝΗ

## ΑΠΌ ΤΟΝ ΤΖΑΚ ΝΤ ΜΑΚΛΊΗΝ

Η ΔΊΚΗ ΜΟΥ ΘΑ ΓΊΝΕΙ ΤΗΝ ΕΠΟΜΕΝΗ ΕΒΔΟΜΆΔΑ ΚΑΙ ΜΠΟΡΕΊ ΝΑ ΑΝΤΙΜΕΤΩΠΊΣΩ ΠΟΙΝΉ ΙΣΌΒΙΑΣ ΚΆΘΕΙΡΞΗΣ. Ο γιος μου ανησυχεί πολύ γι' αυτό, αλλά εγώ όχι. Ανυπομονώ να δω αυτόν τον μπάσταρδο τον Σάικς στο δικαστήριο να καταθέτει εναντίον μου και να λέει στον κόσμο τι του έκανα. Ανυπομονώ να δω το βλέμμα στο πρόσωπό του όταν τελειώσει και συνειδητοποιήσει τι έχω κάνει.

Είμαι συνταξιούχος επιχειρηματίας. Δεν θα έπρεπε να είχα παρασυρθεί σε ένα έγκλημα στην ηλικία μου, αλλά όταν πέθανε ο εγγονός μου, δεν είχα άλλη επιλογή. Ήταν μόλις τεσσάρων ετών.

Η σύζυγος ήταν κομμάτια και όσο για τον γιο μου, τον Άλαν, και τη νύφη μου, την Μπεθ, δεν θα το ξεπεράσουν ποτέ.

Έχετε δει ποτέ φέρετρο παιδιού; Είναι τόσο μικροσκοπικά. Σου ραγίζει την καρδιά, πραγματικά.

Το *πόσο λίγο πέθανε* ο Έντι με πείραξε περισσότερο από οτιδήποτε άλλο.

Οδηγούσε το τρίκυκλό του όταν ένα φορτηγό ήρθε στο δρόμο και πήρε τη στροφή *πολύ στενά*. Ο πίσω τροχός έπεσε στο οδόστρωμα και *πάτησε* τον μικρό μου Έντι. Χτύπησε το κεφάλι του όταν έπεσε και δεν συνήλθε ποτέ.

Άνθρωποι που είδαν το ατύχημα είπαν ότι ο οδηγός – Χάρι Σάικς γέλασε όταν συνειδητοποίησε τι είχε κάνει.

Του ασκήθηκε δίωξη γι' αυτό και είπε ότι λυπάται, αλλά ήταν απλώς μια *πράξη*. Μπορεί να ξεγέλασε τον δικαστή, αλλά όχι εμένα. Ήξερα ότι τα έλεγε μόνο για να ξεφύγει - και πέτυχε.

Η εισαγγελία κατηγόρησε τον Σάικς για πρόκληση θανάτου από απρόσεκτη οδήγηση. Θα έπρεπε να είναι φόνος, αν με ρωτάτε.

Ήταν το *πρώτο* του αδίκημα, οπότε πήρε ποινή με αναστολή και βγήκε από το δικαστήριο ελεύθερος.

Τι είδους δικαιοσύνη είναι αυτή;

Θα έπρεπε να είναι χτυπημένος για χρόνια.

Έτσι αποφάσισα να κάνω κάτι γι' αυτό.

Είχα μια κουβέντα με τη σύζυγο. Συμφωνήσαμε να πάρω το νόμο στα χέρια μου.

Αλλά δεν το συζήτησα με τον γιο μου. Δεν θα καταλάβαινε. Ο Άλαν είναι *πολύ* διαφορετικός άνθρωπος από μένα. Εγώ έπρεπε να ξεφύγω από το βούρκο για να προχωρήσω στη ζωή μου, ενώ αυτός είχε όλα τα προνόμια που μπορείς να έχεις από την πρώτη μέρα.

Όταν μεγάλωνε, του έβαζα μια ακριβή στέγη πάνω από το κεφάλι του, φρόντιζα να έχει καλό φαγητό και πλήρωνα για να έχει την καλύτερη δυνατή εκπαίδευση. Πήγε στο πανεπιστήμιο και έγινε επιτυχημένος δικηγόρος. Δεν γνωρίζει τίποτα για τις θυσίες που χρειάστηκε να κάνω για λογαριασμό του. Εγκατέλειψα τα πάντα για την οικογένειά μου, συμπεριλαμβανομένων μερικών ενδοιασμών στην πορεία.

Μόλις αποφάσισα να εκδικηθώ τον θάνατο του Έντι, πήγα και έφερα ένα όπλο. Ένα 38άρι περίστροφο, ένα πραγματικό σαββατόβραδο.

Όταν αντιμετώπισα τον Σάικς στο δρόμο, προσπάθησε να χρησιμοποιήσει τη φίλη του ως ασπίδα.

"Γίνε άντρας", είπα πλησιάζοντας και κρατώντας το όπλο στον κρόταφό του.

Αλλά εκείνος έσκυψε σαν φοβισμένο κοριτσάκι, γονάτισε και παρακάλεσε για έλεος.

"Σας παρακαλώ, δεν ξέρω γιατί το κάνετε αυτό, αφήστε με να ζήσω".

"Είναι για τον εγγονό μου, τον Έντι. Το αγοράκι που σκότωσες. Τον θυμάσαι;"

Έσκυψα, έβαλα το ρύγχος στο μηρό του και τράβηξα τη σκανδάλη.

Ακούστηκε ένας εκκωφαντικός θόρυβος καθώς το όπλο εκπυρσοκρότησε.

Η σφαίρα διέλυσε το μηριαίο οστό του.

Όταν τράβηξα το όπλο μακριά, υπήρχε μια μεγάλη τρύπα στο πλάι του ποδιού του, από την οποία έβγαιναν καπνοί.

Πολύ άσχημο.

Η φίλη του ούρλιαξε και εκείνος ούρλιαξε ακόμα πιο δυνατά.

"Καλά να πάθεις, μουνί", του είπα.

Γύρισα προς τη φίλη του.

"Συγγνώμη γι' αυτό, αγάπη μου", είπα. "Δεν ήθελα να σε μπλέξω σε αυτό, αλλά δεν είχα άλλη επιλογή. Αν ήταν μισός άντρας δεν θα σε χρησιμοποιούσε ως ασπίδα και δεν θα χρειαζόταν να το δεις αυτό. Οφείλεις να τελειώσεις μαζί του. Έχεις δει πως είναι. Δεν είναι καλός".

Έβαλα το όπλο στο ζωνάρι μου και απομακρύνθηκα.

Δεν άργησαν να έρθουν οι μπάτσοι στο σπίτι μου και να με συλλάβουν.

Με κατηγόρησαν για πρόκληση σοβαρής σωματικής βλάβης. Η ποινή γι' αυτό είναι σχεδόν εξίσου βαριά με εκείνη για φόνο. Οπότε κατά κάποιο τρόπο θα μπορούσα κάλλιστα να έχω σκοτώσει τον Σάικς. Αλλά ήθελα να ζήσει, να νιώσει τον πόνο που ένιωσα εγώ.

Δεν αρνήθηκα την κατηγορία. Πώς θα μπορούσα; Το έκανα μέρα μεσημέρι στον κεντρικό δρόμο. Με είδε πολύς κόσμος και καταγράφηκε σε βίντεο.

Ήταν δύσκολο για τον γιο μου, φυσικά.

"Μπαμπά, πώς μπόρεσες;" Είπε. "Γιατί πήρες το νόμο στα χέρια σου; Θα έπρεπε να ξέρεις καλύτερα από αυτό. Κάποτε ήσουν ένας αξιοσέβαστος επιχειρηματίας. Έχασα τον Έντι και τώρα θα χάσω κι εσένα. Θα μπεις φυλακή γι' αυτό".

"Συγγνώμη, γιε μου", είπα. "Μην ανησυχείς. Θα κάνω μια καλή ενημέρωση. Θα με βγάλει έξω".

"Δεν ξέρεις τι λες. Η υπόθεση είναι ξεκάθαρη. Θα σε στείλουν κάτω για χρόνια".

"Υποθέτω ότι έχεις δίκιο."

Αλλά ήξερα ότι δεν ήταν.

Βλέπετε, η δουλειά μου ήταν ο εκβιασμός και η εκβίαση, χρησιμοποιώντας την ακραία βία ως μέσο πειθούς.

Και μέχρι να τελειώσουν οι φίλοι μου με τους ενόρκους, θα μου δώσουν μετάλλιο, πόσο μάλλον να με αφήσουν ελεύθερο.

**Τέλος**

# ΠΡΟΧΩΡΏΝΤΑΣ

## ΑΠΌ ΤΟΝ ΜΆΡΤΙΝ ΜΟΎΛΙΓΚΑΝ

ΤΑ ΠΕΡΙΣΣΌΤΕΡΑ ΒΡΆΔΙΑ ΤΗΣ ΤΡΊΤΗΣ ΜΟΥ ΑΡΈΣΕΙ ΝΑ ΒΛΈΠΩ ΞΑΝΆ ΤΟ ΒΊΝΤΕΟ ΤΟΥ ΓΆΜΟΥ ΜΑΣ. Η μόδα έχει αλλάξει εντελώς μέσα σε 30 χρόνια. Εκείνα τα μπούφο χτενίσματα τόσο των ανδρών όσο και των γυναικών τη δεκαετία του 1980! Σχεδόν όλοι στο βίντεο έχουν πεθάνει τώρα, φυσικά. Ή είναι φίλοι με τους οποίους έχουμε χάσει την επαφή εδώ και καιρό. Ακόμη και τα αυτοκίνητα που είναι παρκαρισμένα έξω από την εκκλησία φαίνονται παράξενα από αυτή την απόσταση στο χρόνο. (Ένας από τους θείους μου, ο Μπεν, εμφανίστηκε με ανοιχτό λαιμό και χρειάστηκε να μου αποσπάσει μια γραβάτα. Στη συνέχεια, οδήγησε με περίπου 20 μίλια την ώρα με ένα ΦορντΦιέστα μέχρι το χώρο της δεξίωσης, προκαλώντας μια καθυστέρηση μισού χιλιομέτρου στον πολυσύχναστο δρόμο Α). Ως νύφη και γαμπρός φύγαμε, με σοφέρ, σε μια λευκή βίντατζ Ισπάνο Σουίζα που κάποτε ανήκε στον αρχιδούκα Φραγκίσκο Φερδινάνδο.

Δεν ξέρω πώς μου ήρθε για πρώτη φορά η ιδέα ότι θα ήταν καλό να καίμε τα πράγματα ολοσχερώς. Να ξεκινήσω από την αρχή από τις στάχτες του κόσμου. Πυρομανής. Τι όμορφη λέξη.

———

Μου αρέσει η κοπέλα στο τεχνητό καφεπωλείο εδώ στο Γουίτσγοντ. Έχει μακριά ξανθά μαλλιά με μπούκλες και μια περίεργη προφορά. Η κονκάρδα με το όνομά της γράφει "Matilda". Την περασμένη εβδομάδα μου έδωσε ακόμα και ένα δωρεάν δεύτερο φλιτζάνι. Αποδείχθηκε ότι ήταν λάθος και έτσι το πλήρωσα έτσι κι αλλιώς στο τέλος. Αλλά και πάλι. Το υπόλοιπο προσωπικό πίσω από τον πάγκο είναι όλοι τους κρυπτογράφοι. Αλλά μου άρεσε πολύ που μου έφερε δεύτερο καφέ, καθώς καθόμουν εκεί και παρακολουθούσα τους περαστικούς στον ηλιόλουστο δρόμο έξω από το κανονικό μου κάθισμα στο παράθυρο.

Διάβαζα για τα χρώματα και τους διαλύτες και κρατούσα σημειώσεις. Είναι εύκολο να αναμειχθείς εκεί με όλους τους τύπους με τα γυαλιστερά γυαλιά που δουλεύουν στους φορητούς υπολογιστές τους και παραγγέλνουν έναν ακόμη ψηλό λεπτό λάτε και κρουασάν.

. . .

Επιστρέφοντας στο σπίτι μου από την καφετέρια, πέρασα από το Ρεντ Κάιτ Βολτς, την οινοποιία του χωριού που διευθύνει ο Ντέρεκ και ο βοηθός του Τζακ. Η σχέση τους πάντα με ιντριγκάρει. Ο Ντέρεκ είναι ο αντιποδικός ιδιοκτήτης και μοναδικός ιδιοκτήτης του Ρεντ Κάιτ Βολτς s. Αναφέρεται πάντα στον Τζακ (πίσω από την πλάτη του Τζακ, φυσικά) ως "ο Τζακ που δουλεύει εδώ". Αλλά μου αρέσει ο Τζακ, ένας μικρός υπάκουος οικογενειάρχης με μεγάλα καστανά μάτια που μοιάζουν με παπαγάλους. Ο Τζακ λατρεύει να βγαίνει έξω και να κάνει περιστασιακά ταξίδια για αγορά κρασιού στη Γαλλία ή την Ιταλία. Νομίζω ότι θα δυσκολευτώ αρκετά όταν έρθει η ώρα να βάλω βενζίνη στο γραμματοκιβώτιό τους.

---

Ποτέ δεν θα το περίμενες, ποτέ δεν θα το περίμενες αυτό, να βρεθείς ξαφνικά μέσα στη ζωή ενός μυθιστορήματος του Μπαλζάκ, σαν ένας ηλικιωμένος τσιγκούνης στο νεκροκρέβατο του, περιτριγυρισμένος από τους γύπες των συγγενών του και των λεγόμενων φίλων και συναδέλφων του, ακόμη και των εικονικά αγνώστων, που όλοι τους κάνουν κύκλους, μπορείς σχεδόν να ακούσεις τα νύχια τους να κροταλίζουν, τα ράμφη τους να τσακίζουν. Και όλα αυτά εξαιτίας του φαινομένου του "Πιθηκοδάχτυλου", όταν ο σύντροφός σου πεθαίνει, το γιλέκο των πολιτικών, όλα αλλάζουν. Αξίζει περισσότερο νεκρός παρά ζωντανός: αυτό το παλιό κλισέ. Αλλά στην πραγματικότητα δεν είναι κλισέ, είναι μάλλον μια αλήθεια που κουράστηκε με την επανάληψη, εμφανίζεται συνέχεια στην κοινωνία μας, στον τρόπο που ζούμε πλέον. Ούτε είναι χρήσιμο να το αρνούμαστε, να προσποιούμαστε ότι τα πράγματα, ότι οι άνθρωποι, είναι στην πραγματικότητα καλύτερα απ' ό,τι είναι. Καλύτερα απλά να το αποδεχτούμε, να μην το πολεμήσουμε, να το αφήσουμε να αναδυθεί στη συνείδηση με όλη την οδυνηρή ασχήμια του, απλά να μείνουμε μαζί του, να το παρακολουθούμε. "Ο Δρόμος του Πολεμιστή συνεπάγεται το περπάτημα στην κόψη του ξυραφιού", όπως λένε σε αυτές τις ιστοσελίδες παρακίνησης. Τα συναισθήματα, είναι μόνο συναισθήματα. Αλλά το να κάθεσαι απλά με τα συναισθήματα μπορεί να είναι το πιο δύσκολο έργο στον κόσμο.

Και κάτι άλλο: γιατί κάποιοι άνθρωποι δεν παίρνουν ποτέ φωτιά; Δεν ξυπνούν ποτέ. Αρκούνται απλώς να σας κοιτάζουν αμήχανα, ακόμη και με χαλαρό στόμα, όταν κάνετε μια σημαντική παρατήρηση. Επίπεδα: είναι σαν όλα να είναι θέμα επιπέδων επίγνωσης. Και μερικοί άνθρωποι, για λόγους που δεν είναι σαφείς, είναι κολλημένοι σε ένα συγκεκριμένο επίπεδο, βυθισμένοι στην άγνοια, αδρανείς, παράλυτοι, ακόμη και. Ανίκανοι σπάταλοι, ανεπαρκείς. Είναι μια αφαίμαξη της ενέργειας και της ενόραση των άλλων: αυτού του μικρού αριθμού των αφυπνισμένων. Προσευχηθείτε, διαβάστε, αποτραβηχτείτε, σιωπήστε, ηρεμήστε. Και κάψτε πράγματα.

———

Προσέξτε πολύ να μην πιτσιλίσετε τα δάχτυλά σας με το διαλυτικό καθώς ετοιμάζετε τον αναπτήρα. Το χνουδωτό βαμβάκι είναι το καλύτερο "έδαφος" γι' αυτό. (Αυτοί οι δίσκοι για την αφαίρεση μάσκαρας είναι πολύ λεπτοί και πολύ απορροφητικοί- η φλόγα δεν παίρνει με τον ίδιο τρόπο). Χρησιμοποιήστε ένα κατσαβίδι για να μοχλεύσετε το καπάκι του μικροσκοπικού κουτιού μπογιάς του μοντελιστή, αυτά καίνε καλύτερα κατά την εμπειρία μου. Όταν βεβαιωθείτε ότι το βαμβάκι είναι επαρκώς εμποτισμένο με το χρώμα, τότε ανάψτε ένα σπίρτο και ανάψτε το. Θα εμφανιστεί πολύς λευκός καπνός. Ο καπνός είναι ο τρόπος με τον οποίο υπογράφουμε τη δουλειά μας.

———

Ποιοι ήταν οι μεγαλύτεροι εμπρηστές της ιστορίας; Σίγουρα πρέπει να συγκαταλέγονται σε αυτούς οι Πρώιμοι Άνθρωποι, εκείνοι οι πρωτοάνθρωποι που έψηναν μέχρι θανάτου τα μαμούθ σε ένα λάκκο στοιβαγμένο με ξύλα και θάμνους για το σκοπό αυτό. Μπορούμε να αποκαλέσουμε τον Νέρωνα εμπρηστή; Ή μήπως απλά έπαιζε βιολί ενώ η Ρώμη καιγόταν ; Οι Ναζί έκαψαν το Ράιχσταγκ και κατηγόρησαν έναν ηλίθιο-καθηγητή. Η Μεγάλη Πυρκαγιά του Λονδίνου δεν ήταν μια σκόπιμη πυρκαγιά, αλλά ο δήμαρχος αρνήθηκε να γκρεμίσει τα σπίτια που θα σταματούσαν την εξάπλωσή της, οπότε αυτό τον καθιστά φίλο της πυρκαγιάς, κατά κάποιον τρόπο, ακόμη και αν δεν ήταν ένας ολοκληρωμένος εμπρηστής.

Στη συνέχεια, υπήρχαν οι πιλότοι βομβαρδιστικών που κατέστρεψαν τη Δρέσδη. Εκατοντάδες πολίτες που στριμώχνονταν σε υπόγεια για να αποφύγουν την ασφυκτική πύρινη λαίλαπα που έκαιγε για μέρες. Και οι φασίστες πιλότοι στην Ισπανία το 1937 που βομβάρδισαν και πολυβόλησαν πυροσβέστες που έδιναν μάχη με τις φλόγες στη Βαρκελώνη και σε άλλες ισπανικές πόλεις. Νιιιιιιιοοοοοοοοοουυυυυυυυυυυυ. Μπχμπχμπχμπχμπχμπχ. Κοιτάξτε, υπάρχει ένας που ταλαντεύεται στην κορυφή μιας σκάλας με το πυροσβεστικό του λάστιχο. Αφήστε τον σε μένα. Τον έχω.

Η ιστορία των ανθρώπων που ανάβουν φωτιές είναι η αληθινή ιστορία του Ανθρώπου, ένα ένδοξο έπος δημιουργίας και καταστροφής. Φοίνικες που αναγεννιούνται από τις στάχτες για πάντα και για πάντα. Αμήν. Θέλω το όνομά μου να εγγραφεί με γράμματα φλόγας στην καταγραφή των ηρώων σε εκείνο το βιβλίο που καίγεται.

—

Το πανδοχείο Γουίτσγοντ Inn, η Πινακοθήκη στην πλατεία του χωριού και ο Άγιος Μιχαήλ - το καθένα από αυτά δημιουργεί ένα ιδιαίτερο πρόβλημα. (Εκτός από το πρόβλημα ότι μου αρέσουν κάποιοι από τους ενοίκους τους, δηλαδή).

Πάρτε το Γουίτσγοντ. Έχουν ένα σκυλάκι εκεί μέσα, το όνομά του είναι Patchy, ένα Jack Russell terrier. Μπορείτε να πετάξετε ένα κίτρο ή ένα λεμόνι και θα το ανακτήσει, ανεξάρτητα από το πόσο μακριά θα αναπηδήσει στο σκοτεινό εσωτερικό της παμπ. Ο Πάτσι μπορεί να πηδήξει τόσο έξυπνα πάνω σε ένα σκαμπό του μπαρ από όρθια στάση στο πάτωμα, που θα ορκιζόσουν ότι το σκυλάκι είναι μάστορας της αιώρησης. Δεν έχω ξαναδεί κάτι παρόμοιο. Αλλά ο ιδιοκτήτης του, ο ταβερνιάρης του Γουίτσγοντ (το όνομα του οποίου αρνούμαι να δώσω) είναι νταής. Μπορώ μόνο να ελπίζω ότι την κρίσιμη στιγμή ο Πάτσι δεν θα κλειστεί μέσα στο σπίτι.

Τώρα, όσον αφορά την Πινακοθήκη στην πλατεία απέναντι από την εκκλησία, αυτή θα πρέπει να φύγει, ακριβώς επειδή η λεγόμενη τέχνη που εκτίθεται στο εσωτερικό της είναι τόσο κακή. Τίποτα προσωπικό εναντίον των ιδιοκτητών, αλλά πραγματικά. Αυτά τα ακρυλικά και οι ακουαρέλες είναι τόσο ανόμοια που είναι προσβλητικά. Τέλος της ιστορίας.

Ο Άγιος Μιχαήλ και όλοι οι Άγγελοι και οι κληρικοί του είναι μια άλλη ειδική περίπτωση. Ο ιερέας έχει προφανώς χάσει την πίστη του, αν είχε ποτέ πίστη. Έχω ακούσει πάρα πολλά από τα άψυχα κηρύγματά του σε αυτό το ζοφερό, κρύο, πέτρινο εσωτερικό. Μπορώ σχεδόν να ακούσω τη φωτιά να κατακαίει ήδη την εκκλησία του. Αλλά τεχνικά η εκκλησία αποτελεί το πιο δύσκολο πρόβλημά μου. Αυτές οι βαριές πόρτες λειτουργούν ως απόλυτο φρένο για τη φωτιά και δεν υπάρχει άλλος τρόπος να μπω μέσα. Μόνο μια κατά μέτωπο επίθεση για να σπάσω αυτές τις βαριές αρχαίες ξύλινες πόρτες έχει πιθανότητες επιτυχίας. Δεν υπάρχει άλλη πρόσβαση στο μέρος. Αυτό θα απαιτήσει προσεκτική σκέψη.

———

Η αστυνόμος Ίζαμπελ Άρτσερ ήταν η πρώτη που βρέθηκε στον Άγιο Μιχαήλ κατά τη διάρκεια των κατά συρροή εμπρηστικών επιθέσεων στο χωριό Κότσγουιολντ. Το μόνο που την χαροποίησε ήταν ότι κανείς δεν πέθανε στις πυρκαγιές (αν και ένας άνδρας νοσηλευόταν στην εντατική). Ήταν επίσης ανακουφισμένη που η μετάθεσή της από τη Μονάδα Παιδεραστίας είχε κυλήσει τόσο ομαλά. Μια υπόθεση όπως αυτή ήταν πολύ περισσότερο στα γούστα της.

Ο εφημέριος και η απελπισμένη σύζυγος και κόρη του αποτελούσαν ένα απελπισμένο θέαμα, στρυμωγμένοι και κλαίγοντας ανά διαστήματα στην πλατεία του χωριού.

Στο Γουίτσγοντ, η περίπτωση ήταν διαφορετική. Ο ταβερνιάρης του Γουίτσγοντ ήταν ήδη στο νοσοκομείο. Αλλά ο σκύλος του είχε γλιτώσει προφανώς το κακό - το μικρό Τζακ Ράσελ φώναζε ενθουσιασμένο στον αστυνομικό που το μετέφερε σε ένα κοντινό αστυνομικό φορτηγάκι.

Μια ηλικιωμένη μάρτυρας - μια κυρία στα τέλη της δεκαετίας του 70 που δίδασκε ακόμα την τεχνική ΜακΤίμονι και η οποία φαινόταν πολύ νεότερη από την ημερολογιακή της ηλικία - είχε μια αρκετά πλήρη περιγραφή του πυροκροτητή. Η Ellen Varney, 77 ετών, περιέγραψε έναν άνδρα πρώιμης μέσης ηλικίας, με λευκή φόρμα, μαύρα γυαλιά και ένα ζωηρό καπέλο από κερασιά, που περπατούσε ζωηρά και στοχευμένα (αλλά ήρεμα και χωρίς κανενός είδους πανικό, όπως τόνισε) μακριά από τις φωτιές που τρεμόπαιζαν στη σκηνή του εγκλήματος και τα κρουστά παράθυρα που κατέρρεαν.

Η κυρία Βάρνευ είχε βγει για μια πολύ πρωινή βόλτα στο χωριό. Επιστρέφοντας είχε περάσει από την φλεγόμενη εκκλησία και την παμπ, η οποία μόλις τότε έπιανε φωτιά και καπνός άρχιζε να βγαίνει από τον δεύτερο όροφο. (Οι κάτοικοι του απέναντι δρόμου είχαν ήδη σημάνει συναγερμό).

Αφού πήρε τη δήλωση της δυναμικής ηλικιωμένης κυρίας, ο αστυνόμος Bryant είδε την κάμερα του κλειστού κυκλώματος στο ύψος του υδρορροής στην πρόσοψη του κουρείου. Σημείωσε να το παρακολουθήσει με τον ιδιοκτήτη του κουρείου.

---

Ο απολογισμός του παρατηρητή κουρτινών (όπως ειπώθηκε στην αστυνομία):

Ο ύποπτος παρατηρήθηκε να φεύγει από το σπίτι του λίγο μετά την ανατολή του ηλίου. Φορούσε λευκή φόρμα ή στολή λέβητα και κόκκινο κράνος μοτοσικλέτας. Διέσχισε το δρόμο προς το παρακείμενο γκαράζ του και οδήγησε τη μεταχειρισμένη BMW του στο δρόμο. Στη συνέχεια επέστρεψε στο σπίτι του και βγήκε λίγα λεπτά αργότερα σέρνοντας ένα στρώμα. Το χώρεσε στο μπροστινό κάθισμα του συνοδηγού, επωμίζοντας την πόρτα μετά από έναν επίπονο αγώνα πάλης με το ογκώδες στρώμα. Στη συνέχεια πέρασε γύρω από το μπροστινό μέρος του αυτοκινήτου και μπήκε στη θέση του οδηγού. Καθισμένος, φόρεσε ένα ζευγάρι γυαλιά ηλίου. Ξεκίνησε αργά, στρίβοντας δεξιά στο τέλος του δρόμου, με κατεύθυνση την κεντρική οδό προς το βόρειο άκρο του χωριού.

———

Πλάνα από βιντεοκάμερα από το τουρκικό κουρείο:

Σημείωση: Ο κ. Κεμάλ Αχμέτ εγκατέστησε μια κάμερα στο εξωτερικό του ανδρικού κομμωτηρίου του μετά από διάφορα επεισόδια κατά τα οποία η ολοκαίνουργια 'Αστον Μάρτιν του βανδαλίστηκε από νεαρούς της περιοχής. Η περιοχή του χώρου στάθμευσης στην οποία εστίασε τον φακό της κάμερας ασφαλείας του περιελάμβανε μεγάλο μέρος της πλατείας του χωριού στο ευρύτερο πεδίο της (αν και μεγάλο μέρος του υλικού είναι κοκκώδες και δυσδιάκριτο). Η οπτική γωνία της κάμερας από το τουρκικό κουρείο αποτέλεσε ευτυχή συγκυρία για τους αστυνομικούς ερευνητές, ένας από τους οποίους είχε τη φαεινή ιδέα να ακολουθήσει το στοιχείο στον τόπο του εγκλήματος, αφού η πλατεία είχε αποκλειστεί από την ιατροδικαστική υπηρεσία.

Η ατημέλητη BMW διέσχισε την πλατεία σαν να ερχόταν από την κατεύθυνση του Co-Op. Κατευθυνόταν κατευθείαν προς τις πόρτες που αποτελούσαν την κύρια είσοδο της εκκλησίας του Αγίου Μιχαήλ και όλων των Αγγέλων, η οποία ήταν κλειδωμένη αυτή την ώρα της ημέρας. Λίγο πριν από τη σύγκρουση, ο οδηγός με το κράνος του αυτοκινήτου φαινόταν να ρίχνεται πλαγίως στο χώρο των ποδιών της πλευράς του συνοδηγού. Το καπό του αυτοκινήτου χτύπησε τις βαριές ξύλινες πόρτες με έναν εκκωφαντικό κρότο και ένα δυνατό κρακ. Θραύσματα ξύλου και θραύσματα γυαλιού από τους θρυμματισμένους προβολείς εξερράγησαν στην πλατεία. Το αυτοκίνητο, που εξακολουθούσε να ορμάει προς τα εμπρός, εξαφανίστηκε στον διάδρομο εισόδου της εκκλησίας, ακολουθούμενο μια στιγμή αργότερα από έναν ακόμη δυνατό κρότο καθώς χτύπησε σε κάποιο εμπόδιο στο εσωτερικό της. Πιτσιλιές καπνού άρχισαν να βγαίνουν από τις θρυμματισμένες πόρτες της εκκλησίας που κρέμονταν σπασμένες από τους μεντεσέδες τους, δίνοντας τη θέση τους μετά από λίγα λεπτά σε τεράστιες ομίχλες λευκού καπνού. Οι φλόγες φώτιζαν τα βιτρό των παραθύρων της εκκλησίας, και γρήγορα έφτασαν σε κάτι που πλησίαζε την κόλαση.

Μια λευκή φιγούρα με σκούρα γυαλιά και κόκκινο κράνος βγήκε από την εκκλησία και κατευθύνθηκε προς την κοντινή γκαλερί του χωριού, περίπου εκατό μέτρα μακριά. Η φιγούρα είναι εκτός κάμερας για περίπου πέντε λεπτά προτού τη δούμε να τρέχει ξανά - μακριά από την Πινακοθήκη - προς την παμπ Γουίτσγοντ Inn στην απέναντι πλευρά της πλατείας.

Στη συνέχεια η φιγούρα εμφανίζεται να σκύβει δίπλα στην πόρτα της κύριας εισόδου και να χειρίζεται το γραμματοκιβώτιο για ένα ή δύο λεπτά. (Οι λεπτομέρειες είναι θολές σε αυτό το εύρος, καθώς η κάμερα εργάζεται στα όρια της απόδοσής της). Μετά από λίγα λεπτά, ένα παράθυρο του επάνω ορόφου σπάει από το εσωτερικό της παμπ και βγαίνει καπνός από αυτό. Μια φωνητική αναταραχή ξεκινάει στο εσωτερικό.

Η φιγούρα με το κοστούμι του λέβητα γυρίζει στη φτέρνα του και απομακρύνεται γρήγορα από την περιοχή.

———

Όλο το χωριό είναι ακόμα σε κατάσταση σοκ καθώς γράφω. Υπάρχουν έξι σελίδες ειδήσεων στο Google. Και η ερασιτεχνική ιστοσελίδα του τοπικού ενημερωτικού δελτίου Γουίτσγοντ Ενημέρωση είναι γεμάτη από αυτά! Ένα μεγάλο χαλί φωτιάς, έτσι πρέπει να έμοιαζε από αέρος. Σαν ένας φλεγόμενος χάρτης πυροβολικού, με τα περιγράμματα να θολώνουν σε μια χιονοθύελλα σπινθήρων και καπνού. Τα φτερά ενός μεγάλου πουλιού με πήραν μακριά, μακριά στο Βερολίνο, από όπου γράφω, καθισμένος σε ένα μοντέρνο καφέ. Έκανα την επίδειξή μου. Είπαν ότι ήμουν κάποιου είδους νοητικός. Αλλά τώρα εκτιμούν καλύτερα την όρασή μου, τις δυνάμεις μου.

**Τέλος**

# ΑΤΎΧΗΜΑ ΣΕ ΠΡΟΑΣΤΙΑΚΌ ΔΡΌΜΟ

## ΑΠΌ ΤΟΝ ΤΖΑΚ ΝΤ ΜΑΚΛΉΝ

ΌΤΑΝ ΣΥΝΑΝΤΉΘΗΚΑ ΜΕ ΤΟΝ ΤΖΈΡΑΛΝΤ, ΜΙΑ φόρμουλα τόσο παλιά όσο και το είδος μας ήταν σε λειτουργία.

Εκείνος ήταν σαράντα ενός ετών, εγώ είκοσι πέντε- εκείνος ήταν πλούσιος και εγώ φτωχός. Εκείνος φαινόταν σχεδόν εντάξει από απόσταση, ενώ εγώ ήμουν, και εξακολουθώ να είμαι, αρκετά εντυπωσιακή. Αυτό δεν είναι μόνο η γνώμη μου. Οι άνθρωποι μου το λένε αυτό όλη την ώρα, και όχι μόνο η μαμά και ο μπαμπάς μου.

Ο Τζέραλντ μου έδωσε ένα σπίτι και ασφάλεια και σε αντάλλαγμα έφερα αίγλη στη ζωή του. Τα κεφάλια γυρνούσαν και τα σαγόνια έπεφταν όταν βγαίναμε έξω μαζί - του άρεσε αυτό.

Ήμουν η κοπέλα-τρόπαιο που του παρείχε σεξ κατά βούληση, ακόμη και όταν δεν είχα όρεξη, και συζήτηση αν χρειαζόταν. Ωστόσο, δεν έκανα καθόλου δουλειές του σπιτιού. Αυτό δεν ήταν μέρος της συμφωνίας. Αποκλείεται.

Η διαφορά ηλικίας των δεκαέξι ετών δεν ήταν υπερβολική κατά τη γνώμη μου. Έχω δει μεγαλύτερη στην κοινότητα των Σούγκαρ Μπέιμπ. Υπήρχαν φυσικά και μειονεκτήματα. Το περίμενα αυτό.

Για παράδειγμα, σε μερικά από αυτά τα κεφάλια που γύρισαν, μπορούσες να καταλάβεις ότι οι ιδιοκτήτες τους σκεφτόντουσαν:

Τι κάνει μαζί του;

Αλλά όταν μπήκαμε στο τέλος της βραδιάς στην Μπέντλευ Μουλσαν με τον σοφέρ του, ήταν προφανές τι έκανα μαζί του. Και τα περισσότερα μάτια που μας κοίταζαν ήταν το πιο σκούρο μπουκάλι πράσινο από φθόνο.

Μετά υπήρχε το σώμα του. Έχω κάνει σεξ με άντρες της ηλικίας μου και είχαν ωραία σφριγηλά σώματα, τουλάχιστον όσοι φρόντιζαν τον εαυτό τους. Φοβάμαι ότι ο Τζέραλντ δεν είχε.

Όπως ήταν αναμενόμενο, δεδομένου με ποια έκανε σεξ, ένα μέρος του μπορούσε πάντα να βασιστεί στο να είναι σταθερό. Αλλά το υπόλοιπο μέρος του ήταν μαλακό και πλαδαρό. Τουλάχιστον δεν είχε ανδρικά βυζιά, δόξα τω Θεώ. Δεν νομίζω ότι θα μπορούσα να το αντέξω αυτό.

Κάπνιζε, έπινε πολύ, και η πιο σκληρή άσκηση που έκανε ποτέ ήταν «σεξουαλικά παιχνιδάκια» μαζί μου στο τραπέζι της κουζίνας. Χτύπησε το γόνατό του όταν ανέβηκε σε αυτό, οπότε μετά από αυτό το κάναμε μόνο στο κρεβάτι του.

Ήταν πολύ ανθυγιεινός ο Τζέραλντ μου. Παρόλα αυτά, δεν περίμενα ποτέ ότι θα πέθαινε τόσο νέος, μόλις τέσσερα χρόνια αφότου βρεθήκαμε μαζί, σε ηλικία μόλις σαράντα πέντε ετών. Δεν ήταν η υγεία του που τον σκότωσε. Είχε ένα ατύχημα. Αν δεν ήταν αυτό, ίσως να ήμασταν ακόμα μαζί. Θέλω να το πιστεύω.

Έτρωγε όλα τα λάθος πράγματα, οπότε δεν ήταν έκπληξη το γεγονός ότι ήταν υπέρβαρος. Αυτό που εξέπληξε ήταν ότι ήταν κλινικά παχύσαρκος. Αυτό τουλάχιστον είπε ο γιατρός. Αλλά το έκρυβε καλά κάτω από τα ραμμένα σακάκια και τα χοντρά πουλόβερ του. Ποτέ δεν θα μαντεύατε ότι ο Τζέραλντ ήταν κλινικά παχύσαρκος.

Απλά θα τον χαρακτήριζες γεροδεμένο.

Λοιπόν, ήταν λίγο κοντός. Ήταν 1,80 μ. Ο Τζέραλντ μου. Εγώ είμαι 1,75 και με τα τακούνια μου είμαι μάλλον 1,80. Συνήθιζα να τον ξεπερνάω. Έπρεπε να στέκεται στις μύτες των ποδιών του για να με φιλήσει. Αυτό ήταν καλό, πραγματικά. Συνήθιζε να το βρίσκει συναρπαστικό, να βγαίνει με μια γυναίκα που ήταν μεγαλύτερη από αυτόν. Πράγμα που ήταν ευτύχημα, γιατί κάθε γυναίκα που θα συναντούσε θα τον έβγαζε από το ύψος του, ειδικά με τακούνια.

Ήταν η επένδυσή μου για το μέλλον, η σύνταξή μου. Πάντα πίστευα ότι θα παντρευόμουν τον Gerald και θα νοικοκυρευόμασταν, θα κάναμε παιδιά, αλλά ποτέ δεν το κάναμε. Ζούσα μαζί του στην έπαυλή του και απολάμβανα όλα τα προνόμια ενός ζαχαρένιου πατέρα - ένα αυτοκίνητο, στέγη πάνω από το κεφάλι μου και περισσότερο χαρτζιλίκι από ό,τι παίρνει ο μέσος άνθρωπος σε αυτή τη χώρα, αλλά ποτέ δεν παντρευτήκαμε.

Το ονομάζω χαρτζιλίκι, αλλά στην πραγματικότητα είχα έναν τίτλο εργασίας. Προσωπικός βοηθός. Ήταν κάτι σαν φορολογική αμοιβή. Μπορώ να σας διαβεβαιώσω ότι η μόνη βοήθεια που έδωσα ποτέ στον Τζέραλντ ήταν του πιο προσωπικού είδους που μπορείς να έχεις.

Όλα πήγαιναν καλά για μερικά χρόνια, αλλά τα πράγματα άρχισαν να πηγαίνουν στραβά όταν ανέφερα τον γάμο.

"Είμαστε μαζί αρκετό καιρό τώρα, Τζέραλντ", είπα μια καλοκαιρινή μέρα στον κήπο.

Βρισκόταν στο γκαζόν του κροκέ και έκανε εξάσκηση σε κάποια χτυπήματα- εγώ τον παρακολουθούσα με ένα τζιν τόνικ στο χέρι.

"Τι είναι αυτό Αμάντα;" Είπε, κοιτάζοντας από τη μπάλα.

"Είμαστε μαζί αρκετό καιρό τώρα", επανέλαβα. "Καιρός ήταν να με κάνεις μια τίμια γυναίκα".

Χτύπησε την μπάλα με κρότο και αυτή πέρασε μέσα από μια μικρή ξύλινη αψίδα λίγα μέτρα μακριά.

"Μια τίμια γυναίκα, ε; Δεν είμαι σίγουρος ότι είμαι έτοιμος γι' αυτό. Δεν μπορούμε να συνεχίσουμε όπως είμαστε;

Είμαστε και οι δύο ευτυχισμένοι, έτσι δεν είναι;"

"Λοιπόν, ναι, αλλά..."

"Τότε γιατί να το φτιάξουμε, αν δεν έχει χαλάσει;"

"Αλλά, επειδή, λοιπόν... "

Ακούστηκε ένας θόρυβος σαν να καλεί ο Ταρζάν στη ζούγκλα. Έβγαλε το κινητό του τηλέφωνο από την τσέπη του. Ο Τζέραλντ μπορούσε να είναι πολύ παιδαριώδης με κάποιους τρόπους. Έβαλε το τηλέφωνο στο αυτί του.

"Ναι, ναι", είπε. Μετά με κοίταξε. "Δουλειές. Θα πρέπει να με συγχωρέσεις για λίγο".

Πήγα μέσα και γέμισα το τζιν μου.

Τους επόμενους μήνες είχαμε πολλές συζητήσεις όπως:

"Είμαστε μαζί σχεδόν τέσσερα χρόνια τώρα, Τζέραλντ. Το ρολόι χτυπάει. Θέλω παιδιά. Τι θα κάνεις γι' αυτό;"

"Μπορούμε να το συζητήσουμε αυτό κάποια άλλη στιγμή, σε παρακαλώ, Αμάντα; Έχω αυτούς τους λογαριασμούς να κοιτάξω τώρα".

Με κάποιο τρόπο φαινόταν πάντα να αποφεύγει να μου δώσει τη δέσμευση που χρειαζόμουν.

Τότε μια μέρα αποφάσισα να το ξεκαθαρίσω μαζί του μια και καλή.

"Βαρέθηκα να σε περιμένω, Τζέραλντ. Δεν το βλέπεις αυτό;"

"Με περιμένεις;"

"Περιμένω να αποφασίσεις. Απ' ό,τι

βλέπω, αυτή η σχέση δεν πάει πουθενά".

"Πού θέλεις να πάει;"

"Σε μια εκκλησία και μετά σε ένα ταξίδι του μέλιτος κάπου εξωτικά".

"Ω, ε..." Ακούστηκε ένα κάλεσμα του Ταρζάν, όπως πάντα φαινόταν να συμβαίνει σε αμήχανες στιγμές όπως αυτή. "Δουλειές", είπε. "Με συγχωρείς, παρακαλώ."

Με έκανε να αναρωτιέμαι αν είχε κάποιο ειδικό πράγμα που έκανε το τηλέφωνό του να χτυπάει κατά βούληση για να τερματίσει τις συζητήσεις μας όταν γίνονταν δύσκολες γι' αυτόν.

Μια μέρα άφησε το κινητό του πεταμένο τριγύρω. Έτσι το πήρα για να ελέγξω αν υπήρχε κάποιος τρόπος να το κάνει να χτυπάει κατά βούληση με αυτόν τον τρόπο.

Και όταν το έκανα, είδα ένα μήνυμα. Σε ένα κορίτσι. Με το όνομα Φελίσιτι.

"Αγαπητή Φελίσιτι, ανυπομονώ να συναντηθούμε αύριο, αγάπη και φιλιά xxx",

Όταν κοίταξα πιο προσεκτικά, υπήρχε μια ολόκληρη αλυσίδα μηνυμάτων μεταξύ αυτού και αυτής της τσούλας και έστελναν αγάπη και φιλιά ο ένας στον άλλον σε κάθε ένα από αυτά. Είχε στείλει φωτογραφίες του εαυτού της, η μικρή πόρνη. Σε μερικές από αυτές ήταν σε διακοπές με μπικίνι.

Φαινόταν ότι είχα έναν αντίπαλο για την αγάπη του Τζέραλντ. Με είχε απατήσει. Το αίμα μου, φυσικά, έβραζε.

Πόσο καιρό γινόταν αυτό; Τι σήμαινε γι' αυτόν αυτή η Φελίσιτι;

Προφανώς, ο γάμος ήταν εκτός

συζήτησης, τώρα. Έχω την περηφάνια μου. Δεν επρόκειτο να παντρευτώ τον Τζέραλντ γνωρίζοντας ότι έβλεπε μια άλλη γυναίκα πίσω από την πλάτη μου.

Μάζεψα τις βαλίτσες μου και τις έριξα στο πίσω μέρος του αυτοκινήτου μου, ενός VW Golf cabrio. Η οροφή ήταν κατεβασμένη καθώς ήταν μια ηλιόλουστη μέρα.

Ανάβοντας τη μίζα είδα στον καθρέφτη τον Τζέραλντ να βγαίνει από το σπίτι. Με ακολούθησε.

"Δεν είπες ότι θα βγεις έξω!"

"Δεν βγαίνω," ούρλιαξα χωρίς καν να γυρίσω το κεφάλι μου. "Σε αφήνω!"

Άρχισε να περπατάει προς το αυτοκίνητό μου.

"Με αφήνεις; Δεν καταλαβαίνω. Γιατί;"

"Ξέρεις πολύ καλά γιατί!"

Το αυτοκίνητό μου ήταν αυτόματο. Το έβαλα στη θέση κίνησης.

"Όχι, δεν ξέρω! "

"Είναι εκείνη η τσούλα που βλέπεις πίσω από την πλάτη μου;"

"Γκόμενα; "

"Δεν μπορείς καν να είσαι ειλικρινής μαζί μου, έτσι δεν είναι;"

Η αρτηριακή μου πίεση ανέβηκε στα ύψη, είχα ένα είδος κόκκινης ομίχλης μπροστά στα μάτια μου και πριν καταλάβω τι έκανα είχα βάλει όπισθεν, είχα λύσει το χειρόφρενο και είχα πατήσει το γκάζι.

Μέσα σε ένα δευτερόλεπτο τον είχα σκοτώσει.

Τότε επικράτησε πανικός. Οδήγησα

μπροστά μέχρι να βεβαιωθώ ότι το αυτοκίνητο δεν ήταν πάνω του και βγήκα έξω. Φαινόταν πολύ νεκρός και απ' όσο μπορούσα να πω, τα φαινόμενα δεν απατούσαν. Κάλεσα το 999.

"Έγινε ένα τρομερό ατύχημα. Χρειάζομαι ένα ασθενοφόρο".

"Ποια είναι η διεύθυνση, κυρία; "

Τους είπα πού ήμουν.

"Παρακαλώ περιγράψτε το ατύχημα."

"Πάτησα κατά λάθος το αγόρι μου".

"Και πώς είναι;"

"Φαίνεται να είναι νεκρός."

"Ένα ασθενοφόρο είναι καθ' οδόν."

Όταν έφτασε το ασθενοφόρο, συνοδευόταν από ένα περιπολικό της αστυνομίας. Οι τραυματιοφορείς επιβεβαίωσαν ότι ο Τζέραλντ ήταν νεκρός και ξέσπασα σε κλάματα. Όταν η αστυνομία με ρώτησε γι' αυτό, είπα:

"Ήμουν λίγο εκνευρισμένη και έβαλα κατά λάθος την όπισθεν αντί για κίνηση".

Τότε τους κοίταξα με κουταβίσια μάτια και δόξα τω Θεώ με πίστεψαν.

Οι γονείς του Τζέραλντ οργάνωσαν την κηδεία του. Ήταν ταραγμένοι, οι καημένοι, αλλά τα κατάφεραν.

Στη συνέχεια, στο γεύμα της κηδείας με πλησίασε μια νεαρή γυναίκα. Την αναγνώρισα αμέσως. Η Φελίσιτι. Αποφάσισα να μην αναφέρω το θέμα ότι ο Τζέραλντ με απάτησε μαζί της. Δεν ήθελα να προκαλέσω σκηνή, όχι στην κηδεία του.

"Είσαι η Αμάντα, έτσι δεν είναι;" Ρώτησε.

"Ναι", είπα, αναρωτόμενη πού πήγαινε αυτή η συζήτηση και γιατί μιλούσαμε.

"Δεν πιστεύω ότι σου είπε για μένα".

"Όχι, δεν το έκανε. "

"Είμαι η κόρη του."

"Η κόρη του;"

"Ναι. Αισθάνομαι σχεδόν σαν να σε ξέρω, επειδή συνήθιζε να μιλάει για σένα όλη την ώρα. Πάντα ήλπιζα ότι θα συναντιόμασταν, αλλά προφανώς όχι υπό τέτοιες συνθήκες. Ίσως πρέπει να εξηγήσω ότι γνώριζα τον Τζέραλντ μόνο για ένα σύντομο χρονικό διάστημα. Βλέπετε, δεν ήξερε ότι είχε μια κόρη μέχρι που έκανα μια προσπάθεια να έρθω σε επαφή μαζί του πριν από τρεις μήνες. Η μητέρα μου δεν του είπε ποτέ ότι ήταν έγκυος στο παιδί του όταν χώρισαν. Τέλος πάντων, ήταν τραυματικό και για τους δυο μας να γνωριστούμε. Μου είπε ότι δεν ήθελε να αποκαλυφθούμε, κατά κάποιο τρόπο, ως πατέρας και κόρη, μέχρι να συνηθίσει την ιδέα. Νομίζω ότι ήταν στα πρόθυρα να πει σε όλους για μένα, αλλά τραγικά το ατύχημά του τον εμπόδισε να το κάνει".

Έβαλα στον εαυτό μου ένα μεγάλο ποτήρι Σαρντωνέ και το κατέβασα με τη μία.

**Τέλος**

# ΣΥΝΟΜΙΛΊΕΣ ΣΤΗ Γ'ΕΦΥΡΑ ΤΗΣ ΧΙΛΙΕΤ'ΙΑΣ

## ΑΠΌ ΤΟΝ ΜΆΡΤΙΝ ΜΟ'ΥΛΙΓΚΑΝ

ΔΕΝ ΑΠΟΤΕΛΕΊ ΈΚΠΛΗΞΗ ΤΟ ΓΕΓΟΝΌΣ ΌΤΙ η Κίνα πουλάει σήμερα τις καλύτερες συσκευές ακρόασης στον κόσμο, ηχητικά όπλα για κατασκόπους. (Το Τέξας έρχεται δεύτερο.) Αυτό που προκαλεί έκπληξη είναι το πόσα πολλά μπορούν να πιάσουν αυτά τα ηλεκτρονικά αυτιά, ακόμη και ένα τέταρτο του μιλίου μακριά από, ας πούμε, μια ατσάλινη γέφυρα που μαστιγώνεται από τον άνεμο, με το ξάρτι της να τραγουδάει καθώς αντηχεί σε μια καταιγίδα που σαρώνει τις εκβολές του Τάμεση. Αλλά προτρέχω ήδη. Αντέξτε μαζί μου μια στιγμή.

Είμαι συγγραφέας, βλέπετε, και είχα μια εξαιρετική ιδέα για ένα βιβλίο. Θα αποτελούνταν από καταγεγραμμένες μυστικές συνομιλίες, που θα ακούγονταν κρυφά σε όλες τις εποχές και ώρες της ημέρας. Κάθε συνομιλία θα είχε με τις άλλες μόνο αυτό το κοινό: κάθε συζήτηση στο βιβλίο θα λάμβανε χώρα - κρυφά κρυφακουστή - στη διάσημη γέφυρα της

Χιλιετίας του Λονδίνου, η οποία συνδέει την ανακαινισμένη από το Σαμ Γουαναμέηκερ Γκλόμπ του Σαίξπηρ με τον καθεδρικό ναό του Αγίου Παύλου. Αυτός ο εμβληματικός διάδρομος βουίζει, χτυπά και τρέμει σαν χορδή βιολιού σε κάθε καιρό.

Αυτές οι κλεμμένες συνομιλίες, για τις οποίες οι αρχικοί συμμετέχοντες δεν θα μάθαιναν ποτέ, θα λειτουργούσαν ως αφετηρία για τις ιστορίες μιας βραβευμένης συλλογής. Αυτό, τουλάχιστον, ήταν το σχέδιό μου.

Τώρα, το να διαχωρίζεις πάντα το σχεδιασμό από την εκτέλεση είναι μια πρώτη αρχή της διαχείρισης και με εξυπηρέτησε καλά σε αυτή την περίπτωση. Επειδή το πρώτο μέρος του σχεδίου μου πήγε περίφημα.

Το μόνο που έκανα ήταν να παραγγείλω το ηχητικό όπλο (για να είμαι ακριβής: το Παραβολικό Ηλεκτρονικό Μικρόφωνο Κατασκοπευτικής Συσκευής Ακρόασης) από έναν έμπορο στο Shenzhen μέσω της παγκόσμιας αγοράς. Μερικά κλικ στον ιστότοπο του ψηφιακού εμπόρου που είναι γνωστό όνομα παγκοσμίως και μέσα σε μια εβδομάδα ένα πακέτο βρισκόταν στο κατώφλι μου. Ξετύλιξα το μικροσκοπικό μικρό δέμα σαν παιδί τα Χριστούγεννα, με τα μάτια μου ορθάνοιχτα μπροστά στο υπέροχο σχέδιο του όπλου ακτινών της εποχής του Σπούτνικ.

Κατά την πρώτη μου δοκιμή στη γειτονιά μου, έπιασα μια ζωντανή οικογενειακή διαμάχη σε ένα διαμέρισμα με τρία υπνοδωμάτια, απλά στρέφοντάς το σε ένα παράθυρο του επάνω ορόφου από την κάλυψη ενός θάμνου φορσύθιας στη γωνία του δρόμου. Αυτές οι βρισιές και οι απειλές που ακολουθούσαν τα δάκρυα ήταν όλες κρυστάλλινες, η υποδοχή ήταν λαμπρή.

Δεν είναι λοιπόν περίεργο που ανυπομονούσα να πάρω το τρένο για το Λονδίνο και το Μπανκσάιντ του Σαίξπηρ για να στήσω το κατασκοπευτικό μου κρησφύγετο κοντά στη γέφυρα της χιλιετίας. Τέντωνα το λουρί για να ξεκινήσω την έρευνα και ανάπτυξη για το μεγάλο μου συγγραφικό έργο. Υποψηφιότητες για το βραβείο Man Booker, χορηγίες σε αλυσίδες καφέ, εθνικές και στη συνέχεια διεθνείς περιοδείες συγγραφέων, το κεφάλι μου είχε γυρίσει με κάθε λεπτομέρεια της αίγλης και της λάμψης της βιβλιορακέτας πριν γράψω έστω και μια λέξη. Αλλά όλα αυτά είναι μέρος της ψυχοσύνθεσης του συγγραφέα, είπα στον εαυτό μου. Είναι η απόλυτη δόξα του πράγματος που μας τραβάει προς τα εμπρός.

———

Ποτέ μην σημαδεύετε με ηχοβόλο όπλο απευθείας έναν μαυροκέφαλο γλάρο. Η κραυγή που μπορεί να παράγει αυτό το πλάσμα είναι ένα φαινόμενο που σπάει τα αυτιά ακόμη και χωρίς ενισχυτή. Θα νομίζατε ότι μετά θα έτρεχε αίμα από τα μάτια σας, δεν αστειεύομαι. Υπήρχαν πολλά θαλασσοπούλια εκείνη την ημέρα, ίσως μια καταιγίδα στη θάλασσα τα είχε οδηγήσει στην ενδοχώρα. Το ηχητικό όπλο και τα ακουστικά χρειάστηκαν λίγο χρόνο για να εγκατασταθούν στο ρεύμα της θύελλας που έπνεε στις εκβολές του Τάμεση. Ήταν κυρίως θέμα να είναι αρκετά καλά κρυμμένο, καθώς και να υπάρχει καθαρό πεδίο για τη συσκευή ώστε να ακούει από απόσταση.

Είχα το εύρος λίγο πολύ τώρα (μετά από ένα ή δύο λανθασμένα βήματα, όπως το να ξεχωρίσω τον γλάρο που ήταν σκαρφαλωμένος στο κιγκλίδωμα). Οι άνθρωποι κινούνταν μπρος-πίσω στη γέφυρα αργά το απόγευμα. Ήταν κυρίως άτομα με κοστούμια που περπατούσαν αποφασιστικά στο δρόμο τους προς ποιος ξέρει τι αυτοσαρκαστικές επαγγελματικές αποστολές σε καφετέριες ή αίθουσες συνεδριάσεων (συνεδριάσεις, συνεδριάσεις, η ίδια η ζωογόνος δύναμη του κομφορμιστικού διευθυντικού καπιταλισμού). Μαύρα πανωφόρια και καλοκουρεμένα ανθρακί γκρίζα κοστούμια, μαύροι χαρτοφύλακες, γυαλιστερά μαύρα παπούτσια, όλοι τους διέσχιζαν σταθερά τη γέφυρα της Χιλιετίας. Μια σταθερή πομπή βαμμένων σκούρων μαλλιών και κάποτε όμορφων προσώπων που τώρα είναι σφιγμένα και χλωμά ή παχιά και ανθισμένα.

Είχα συνηθίσει σε αυτό το αργόσυρτο

κύμα μητροπολιτικών τύπων, όταν με πρόλαβαν δύο φιγούρες που περπατούσαν προς την πλευρά της γέφυρας του Αγίου Παύλου, κόντρα στη ροή του πλήθους των γραφείων.

Ήταν δύο ατημέλητοι, αταίριαστοι χαρακτήρες: ένας ψηλός, γεροδεμένος τύπος με μαύρο δερμάτινο μπουφάν και γυαλιά ηλίου και ένας μικρότερος, ευκίνητος, νευρικός νεαρός με έντονα μάτια, που φορούσε ένα φούτερ με κουκούλα με το λογότυπο ενός καρτούν καρχαρία για σερφ. Ο καθένας τους ξεχώριζε έντονα σε αυτή την καρδιά της ενδυματολογικής συμμόρφωσης.

Σταμάτησαν στη μέση της γέφυρας, όρθιοι δίπλα-δίπλα στο κιγκλίδωμα, αντικρίζοντας τη γέφυρα Σάουθαρκ , μισό μίλι μακριά, στο ρεύμα. Η τοποθέτησή τους ήταν τέλεια από άποψη οπτικής επαφής και άμεσης ακουστικής διόπτευσης για το ηχοβόλο μου. Όλα ήταν σχεδόν πολύ καλά για να είναι αληθινά για τους σκοπούς μου.

Φυσικά, δεν μπορούσα τότε να ξέρω ότι ένας από αυτούς δεν ήταν μόνο κλέφτης αλλά και σαδιστής μανιακός δολοφόνος.

———

Στο σπίτι μου στο Γουίτσγοντ αργότερα εκείνη την ημέρα απομαγνητοφωνούσα την κασέτα που είχα κάνει από τις διάφορες συζητήσεις που είχα καταγράψει στη γέφυρα. Οι περισσότερες ήταν αρκετά άνευρες συζητήσεις για εστιατόρια, προβλήματα με τα μέσα μαζικής μεταφοράς και κουτσομπολιά στο γραφείο. Τότε εστίασα στη συζήτηση μεταξύ των δύο ατημέλητων τύπων που είχα σημαδέψει με το όπλο, το ζευγάρι που μιλούσε (κρυφά, όπως φάνηκε) στη μέση της γέφυρας, σαν να μην ήθελαν ιδιαίτερα να τους ακούσουν. Διάβασα και ξαναδιάβασα την απομαγνητοφώνηση. Στη συνέχεια επέστρεψα στην μαγνητοφώνηση για να την ελέγξω, δύο φορές. Ακόμα δεν μπορούσα να το πιστέψω. Επέστρεψα για να την ακούσω από την αρχή ως το τέλος για τρίτη φορά.

Σχεδίαζαν να μετατρέψουν μια ολόκληρη πολυκατοικία στο Κένσινγκτον. Εννέα διαμερίσματα κατά τη διάρκεια ενός Σαββατοκύριακου διακοπών. Είχαν αποκαλύψει και τη διεύθυνση του σπιτιού. Είχε θυρωρό και φύλακα πλήρους απασχόλησης. Δεν μπορούσα να πιστέψω αυτό που άκουγα. "Κλείσαμε όλες τις επικοινωνίες". Μιλούσε ο ψηλός, λυκόμορφος τύπος. "Οι μισοί πλούσιοι μπάσταρδοι θα λείπουν στα εξοχικά τους ή στις δεύτερες κατοικίες τους. Παίρνουμε όλο το πλήρωμά μας και παίρνουμε το χρόνο μας, τη μισή νύχτα αν χρειαστεί. Δωμάτιο προς δωμάτιο, όσος χρόνος κι αν χρειαστεί. Δεν υπάρχει βιασύνη για τίποτα από όλα αυτά, αφού έχουμε φροντίσει για την ασφάλειά τους. Μετά γεμίζουμε και τα δύο φορτηγά με τα πράγματα και απλά φεύγουμε".

―――――

Οι περισσότεροι άνθρωποι θα πήγαιναν αμέσως στην αστυνομία. Αλλά εγώ δεν μπορούσα. Οι λόγοι για τους οποίους δεν είναι σημαντικοί. Ας πούμε απλώς ότι είχα πάρα πολλές περιπέτειες ακριβώς από αυτή την πλευρά του νόμου για πάρα πολλά χρόνια και το όνομά μου ήταν ήδη γνωστό στους αστυνομικούς κύκλους, όχι με την καλή έννοια. Είχα αθωωθεί δύο φορές. Μια φορά είχα αναλάβει την εγγύηση σε μια υπόθεση του Υπουργείου Εσωτερικών για έναν Ουκρανό αιτούντα άσυλο, έναν ομοφυλόφιλο καθηγητή φυσικής που ξυλοκοπήθηκε και εκδιώχθηκε από τη χώρα του, ο οποίος τελικά κέρδισε το δικαίωμα να παραμείνει. Αυτό δεν άρεσε στις αρχές. Έτσι, ήμουν τουλάχιστον απρόθυμος να τους ενοχλήσω με αυτή την τελευταία εξέλιξη.

Εξάλλου, πώς θα δικαιολογούσα την κατάφωρη παραβίαση των δικαιωμάτων της ιδιωτικής ζωής με τα κατορθώματά μου με το ηχητικό όπλο, εξ αρχής; "Ω ναι, αστυνόμε, αυτό. Λοιπόν, επρόκειτο να αποτελέσει την αφετηρία για ένα βιβλίο, βλέπετε, αξιωματικέ". Όχι, δεν μπορούσα να καταλάβω πώς θα μπορούσα να παρουσιαστώ στην υποδοχή της αστυνομίας με αυτή τη δικαιολογία.

———

Αυτό εξηγεί πώς βρέθηκα να στέκομαι σε μια πόρτα απέναντι από το 113 Sitwell Mansions ένα κρύο, πράγματι πολύ κρύο, ας το παραδεχτούμε, ένα ειλικρινά παγωμένο πρωινό του Φεβρουαρίου. Η αναπνοή μου σχημάτιζε φτερά πάγου, χτυπούσα τα πόδια μου σε μια μάταιη προσπάθεια να ζεσταθώ.

Παρακολουθούσα το μέρος κατά διαστήματα από τότε που έπεσα πάνω στη σχεδιαζόμενη ληστεία, ελπίζοντας για κάποιο στοιχείο ή υπόδειξη που θα μου έδινε με κάποιο τρόπο τη δυνατότητα να επέμβω με ασφάλεια. Είχα ένα κακό προαίσθημα για το όλο θέμα και ήμουν πεπεισμένος ότι θα πάθαιναν κακό αθώοι αν δεν γινόταν κάτι. (Ακόμα και οι πλούσιοι αθώοι αξίζουν μια ευκαιρία μάχης, στο κάτω κάτω.) Απ' όσο ήξερα, κάποιοι από τους στόχους της ληστείας μπορεί να είχαν και παιδιά στο σπίτι εκείνο το Σαββατοκύριακο. Χωρίς αμφιβολία, αυτό το πράγμα έπρεπε να αποτραπεί με κάποιο τρόπο, ακόμη κι αν αυτό με έβαζε στη γραμμή του πυρός.

Κατά τη διάρκεια των τεσσάρων ημερών που προηγήθηκαν του Σαββατοκύριακου των διακοπών δεν είχε συμβεί τίποτα ύποπτο που θα μπορούσα να διακρίνω. (Υπήρξε ένας ψευδής συναγερμός την Τετάρτη, όταν νόμιζα ότι αναγνώρισα τον τύπο που άφηνε ένα πακέτο στη ρεσεψιόν. Αποδείχτηκε ότι ήταν απλώς ένας κούριερ με κάποια στεγνά ρούχα σε κρεμάστρες, όλα σχολαστικά συσκευασμένα σε πολυαιθυλένιο).

Την Παρασκευή, από την υπομονή μου, αποφάσισα ότι έπρεπε να λάβω απεγνωσμένα μέτρα.

Διέσχισα το δρόμο από το ακόμα παγωμένο μου σημείο, μπήκα στο λόμπι της πολυκατοικίας, πέρασα από τα καλοδιατηρημένα φυτά από καουτσούκ και κατευθείαν στον επιβλητικό γκισέ από ξύλο τικ, πίσω από τον οποίο ένας ανοιχτόχρωμος γαλανόχρωμος ένστολος αράζει σε μια καρέκλα με ρόδες (διαβάζοντας, όπως παρατήρησα, τη Sun). Ήταν μεγαλόσωμος άντρας, με αξύριστο σαγόνι. Φορούσε ένα καπέλο με κορυφή και ένα μπρούτζινο σήμα στο μπροστινό μέρος. Δεν έμοιαζε με τίποτα περισσότερο από έναν επίδοξο κομπάρσο της Αστυνομίας της Νέας Υόρκης με πρόβλημα παχυσαρκίας. Δεν πειράζουν όλα αυτά, σκέφτηκα. Το σχέδιό μου ήταν να πω τα δικά μου λόγια και μετά να φύγω αμέσως.

Τοποθέτησα τα χέρια μου στον πάγκο και έσκυψα μπροστά για να τονίσω τη σοβαρότητα της αποστολής μου. Χωρίς να σταματήσω να συστηθώ, είπα: "Κοίτα, φίλε, δεν πρόκειται να το ντύσω αυτό. Το μαγαζί σου είναι στόχος συμμορίας κλεφτών αυτό το Σαββατοκύριακο. Καλά θα κάνεις να καλέσεις αμέσως την αστυνομία και να καλύψεις το μέρος. Δεν δέχομαι ερωτήσεις γι' αυτό. Ευχαριστώ, αντίο". Έπειτα κοίταξα γρήγορα, ερωτηματικά, βαθιά μέσα στα μικρά, κουμπωτά χοιρινά μάτια του -χλωμό μπλε, όπως είδα, όπως η στολή- για να βεβαιωθώ ότι είχε πάρει το μήνυμα. Ήμουν έτοιμη να γείρω προς τα πίσω, να γυρίσω στη φτέρνα μου και να βγω έξω.

Αυτό που συνέβη στη συνέχεια με εξέπληξε. Πήδηξε πάνω, στέλνοντας την καρέκλα του με τους τροχούς να πετάξει προς τα πίσω. Υπήρχε μια θολούρα στο αριστερό μου οπτικό πεδίο. Μετά ασυνέχεια.

———

Η θολούρα ήταν η γροθιά του στο μέγεθος ενός κατεψυγμένου αρνίσιου μπούτι. Η ασυνέχεια ήταν το χτύπημα στο κεφάλι μου.

———

Υπάρχει ένα κλισέ ταινιών Β, σύμφωνα με το οποίο κάποιος που έχει πέσει αναίσθητος βλέπει τα πρόσωπα τριών ανθρώπων να καταλαμβάνουν το οπτικό του πεδίο. Το σσάουντρακ τρέχει: "Συνέρχεται, συνέρχεται". (Με ένα ηχητικό ηχόχρωμα.) Μόνο που δεν είναι μόνο ένα κινηματογραφικό κλισέ. Αυτό είναι επίσης αυτό που συμβαίνει μερικές φορές στη λεγόμενη πραγματική ζωή.

Τα τρία πρόσωπα στην ασταθή μου όραση ήταν εκείνα του ογκώδους θυρωρού, του λούπινου χαρακτήρα που είχα δει στη γέφυρα και του λεπτότερου, νευρικού συνεργάτη του. Ένιωθα 40 πόδια ψηλός και μια ίντσα φαρδύς, με κεφάλι φτιαγμένο από μπαγιάτικο μαλλί της γριάς. Ένα γιγάντιο καλαμάρι από πονοκέφαλο είχε σφηνώσει τη χοάνη του αίματος ανάμεσα στα φρύδια μου. Δεν μπορούσα να εμπιστευτώ τον εαυτό μου να ανοίξει τα μάτια μου για πολύ, πόσο μάλλον να πω κάτι. Ένα κοφτερό κομμάτι δοντιού ακουμπούσε απότομα στη γλώσσα μου και στο εσωτερικό του μάγουλου μου στη δεξιά πλευρά. Έφτυσα πολύ αδύναμα ένα θραύσμα σπασμένου δοντιού και ένιωσα ένα αιματηρό σάλιο να σέρνεται στο πηγούνι μου, σαν να ήμουν στον οδοντίατρο.

"Σπάιντερ , πρέπει να το δεις αυτό, αλλάζει τα πάντα", έλεγε ο νευρικός λεπτός νεαρός με ανατολικοευρωπαϊκή προφορά.

"Όχι, δεν το κάνει. Δεν αλλάζει τίποτα. Συνεχίζουμε." Ο κακομούτσουνος ψηλός, βραχύσωμος, με άκρα σαν ατσάλινους μοχλούς (ένας φασιστικός σωματότυπος αν έχω δει ποτέ) φορούσε το ταλαιπωρημένο μαύρο δερμάτινο μπουφάν που είχε φορέσει εκείνη τη μέρα στη γέφυρα.

"Κι αν έχει ήδη προσφύγει στον νόμο; Δεν ξέρουμε αν μπορεί να μας έχει καρφώσει".

"Χαλάρωσε, εντάξει. Θα μάθω τι ξέρει σύντομα. Και συνεχίζουμε. Μην ανησυχείς, αυτή η μικρή εξέλιξη δεν είναι κάτι που θα χαλάσει τη συμφωνία. Μην το πεις στο υπόλοιπο πλήρωμα. Βεβαιώσου ότι οι πόρτες των στενών είναι ανοιχτές για φόρτωση τα μεσάνυχτα".

Είχα χάσει κάθε αίσθηση του χρόνου, αλλά τώρα υπολόγιζα ότι δεν μπορεί να ήμουν αναίσθητος για περισσότερο από μερικά λεπτά. Αρκετά για να με σύρουν έξω από τα μάτια τους σε μια αποθήκη στο λόμπι. Αλλά ένιωθα πολύ αδύναμη ακόμη και για να μιλήσω ή να διαμαρτυρηθώ. Έτσι, απλά έμεινα εκεί, ήσυχα αιμορραγώντας στο πάτωμα του ντουλαπιού του επιστάτη, όπως φαινόταν, ανάμεσα στις σφουγγαρίστρες και τα υγρά καθαρισμού στα σκληρά πλαστικά δοχεία τους. Παρόλο που έφτυνα αίμα και βογκούσα απαλά, οι αμμωνιακές μυρωδιές βοηθούσαν λίγο, όπως τα μυρωδικά άλατα στη γωνιά ενός μποξέρ ανάμεσα στους γύρους.

Άκουσα την πόρτα να κλείνει, σημάδι ότι δύο από τους (κυριολεκτικά) συνεργάτες στο έγκλημα είχαν αφήσει εμένα και την απειλητική Αράχνη μόνους. Φανερά αλλά ψυχρά εξοργισμένος, προχώρησε γρήγορα στο να κάνει τη ζωή μου ακόμη πιο μαρτύριο. Το θετικό είναι ότι λιποθύμησα ξανά όταν άρχισε να μου χτυπάει τη μέση με τα Doc Martens του.

Τελικά με άφησε δεμένο με σύρμα σε ένα ράφι, με τα πόδια μου να ακουμπούν ελάχιστα στο πάτωμα. Μέχρι εκείνη τη στιγμή είχα μώλωπες στο στήθος και στα πλευρά μου που ήταν τόσο επώδυνα που αναρωτήθηκα αν είχε φύγει κάποιο πλευρό, αλλά καθώς η αναπνοή μου ήταν ακόμα εντάξει, υπέθεσα πως όχι. Το δεξί μου μάτι ήταν εντελώς κλειστό και το αριστερό σχεδόν. Το σπασμένο δόντι πονούσε σαν κόλαση και δυσκολευόμουν να αισθανθώ τα δάχτυλά μου. Τα χείλη και η μύτη μου έτρεχαν αίμα από το δεύτερο χτύπημα που είχε δώσει ο Σπάιντερ για την επιμονή μου να μην πω σε κανέναν τι είχα μάθει στη γέφυρα. Επιτέλους φάνηκε αρκετά ικανοποιημένος ώστε να εγκαταλείψει το ντουλάπι και να με αφήσει ήσυχα αιμόφυρτο και φιμωμένο. Φίμωσε με ένα πανί που μύριζε τερεβινθέλαιο. Τουλάχιστον αυτό είπα στον εαυτό μου όταν αποκτούσα σταδιακά και πάλι τις αισθήσεις μου στο σκοτάδι της αποθήκης του επιστάτη.

Είχα μείνει σε αυτή την κατάσταση για μια ώρα, θα υπολόγιζα (η αντίληψή μου για τον χρόνο πηγαινοερχόταν), όταν η πόρτα άνοιξε μια μικρή χαραμάδα και φως έπεσε στο πάτωμα από τον καλά φωτισμένο προθάλαμο. Υπήρξε μια παύση και μετά η πόρτα άνοιξε εντελώς και έκλεισε γρήγορα με ένα επιδέξιο κλικ πίσω από μια φιγούρα που έσκυβε βιαστικά μέσα στο ντουλάπι του πόνου μου. Στη συνέχεια, βρισκόμασταν και πάλι στο σχεδόν σκοτάδι.

Ήταν ο ανήσυχος νεαρός. Δεν έχασε

χρόνο να μιλήσει και ήδη έπιανε το σύρμα που ο Σπάιντερ είχε δέσει γύρω από τους καρπούς μου. Από τη βιασύνη του και την έντονη ρηχή αναπνοή του, πολύ δυνατή στον περιορισμένο χώρο μας, υπέθεσα ότι είχε ακόμα ενδοιασμούς για το όλο σχέδιο. Αλλά με το φίμωτρο στο στόμα μου και με το ένα και το άλλο, δύσκολα μπορούσα να τον ρωτήσω. Υπήρχε επίσης ένα διαλείπον κουδούνισμα στα αυτιά μου που με έκανε να ανησυχώ. Το κεφάλι μου, τελικά, είχε υποστεί κάποια τιμωρία. Όπως και να 'χει, με φώναζε απεγνωσμένα για να μη μιλήσω, καθώς εγκατέλειπε το σύρμα στους καρπούς μου - είχε αποδειχθεί πολύ πεισματάρικο - και έσκιζε τους κόμπους του σύρματος που έκοβαν τις κνήμες μου. Ήμουν ακόμα κρεμασμένη από ένα ψηλό ράφι με το σύρμα γύρω από τους καρπούς μου, μοιάζοντας με τον Άγιο Σεβαστιανό της Πάουντλαντ..

Μετά από αρκετά λεπτά πυρετώδους περιπλάνησης μέσα στο σκοτάδι του ντουλαπιού του επιστάτη, τα πόδια μου ήταν ελεύθερα. Αλλά καθώς επέστρεφε στη δουλειά με τα χέρια και τους καρπούς μου (τώρα εντελώς μουδιασμένα) , ακούστηκε ξαφνικά ένας θόρυβος από το λόμπι μέσα από την κλειστή πόρτα: "Στόγιαν! Πού στο διάολο είσαι;".

Ο επίδοξος διασώστης μου πάγωσε. Εγκατέλειψε την προσπάθειά του να απελευθερώσει τα χέρια μου. Άρχισα να μουρμουρίζω μέσα από τη φίμωση με το νέφτι, αλλά εκείνος έσφιξε το στόμα μου με ένα απροσδόκητα δυνατό χέρι. Στη συνέχεια, η πίεση στο φίμωτρό μου υποχώρησε, η πόρτα άνοιξε και πάλι (ένας λεπτός στιγμιαίος κώνος φωτός) και εκείνος εξαφανίστηκε.

Περισσότερες φωνές από το λόμπι. Βήματα και ήχοι καταδίωξης, μετά τίποτα. Τέσσερα ή πέντε λεπτά περίπου αργότερα, ορκίζομαι ότι άκουσα φρένα και λάστιχα να ουρλιάζουν από μακριά - αλλά θα μπορούσε να είναι και ακουστική παραίσθηση. Είχα φάει ένα σφυροκόπημα και εξακολουθούσα να βλέπω κυριολεκτικά αστέρια. Το κεφάλι μου είχε γίνει αναξιόπιστο. Τα πάντα μου φαίνονταν επώδυνα. Αλλά άρχισα να κουνάω τα πόδια μου όσο καλύτερα μπορούσα, προσπαθώντας να αποκαταστήσω την κυκλοφορία. Επίσης, για να είμαι έτοιμος για μια τελευταία απελπισμένη προσπάθεια να αμυνθώ, αν ο Σπάιντερ επέστρεφε.

Ας το ξεκαθαρίσουμε, δεν είχα άλλη επιλογή. Δεν είναι ότι ο τύπος είχε μια καλύτερη φύση στην οποία θα μπορούσα να απευθυνθώ. Το είχε αποδείξει περίτρανα αυτό. Το σταθερά λιμνάζον αίμα -το δικό μου αίμα, θυμάστε- που έσταζε-σταγόνα-σταγόνα στα ράφια και στο πάτωμα του ντουλαπιού του επιστάτη ήταν μια ζωντανή υπενθύμιση. Δεν είμαι ήρωας και τραγουδούσα σαν καναρίνι (που κάποτε ήταν μια εκπληκτική παρομοίωση) για τη γέφυρα και για το πώς ήξερα για τα σχέδιά τους, ακόμη και πριν ο Σπάιντερ αρχίσει να με κλωτσάει κομματάκια. Αλλά ένας στρυμωγμένος άνθρωπος δεμένος με σύρμα σε ένα ντουλάπι δεν έχει πολλά να χάσει.

Ο Σπάιντερ επέστρεψε, φυσικά και επέστρεψε. Αυτός ο μανιακός δεν μπορούσε να σταματήσει τον εαυτό του.

Συνέβη ως εξής. Είχα μόλις συνέλθει από άλλη μια ακατάστατη ζάλη, αιμορραγώντας ακόμα από το στόμα και τους καρπούς μου. (Δεν θα τελείωνε ποτέ;) Το πάτωμα ήταν πλέον πολύ ολισθηρό. Ένιωθα πολύ αδύναμη και νερουλή για αυτό που έπρεπε να κάνω.

Ο Σπάιντερ άναψε το φως και προχώρησε προς το μέρος μου, βρίζοντας και βρίζοντας. Και αυτή τη φορά με έναν λοστό, που έτυχε να παρατηρήσω, να κρέμεται από το αριστερό του χέρι. Το δεξί του ήταν σφιγμένο σε γροθιά και έτοιμο να χτυπήσει ξανά το ανυπεράσπιστο κεφάλι μου.

Τώρα, δεν είχα χάσει τον χρόνο και την ευκαιρία που μου έδιναν αυτά τα λυμένα πόδια και οι κνήμες πριν αυτός που λεγόταν Στόγιαν χάσει τα νεύρα του, εγκαταλείψει την προσπάθειά του να με ελευθερώσει και βγει με τα πόδια από το ζοφερό ντουλάπι του τρόμου μου.

Στην πραγματικότητα, είχα καταφέρει με πολύ πόνο να σύρω έναν βαρύ κουβά από βουλκανισμένο καουτσούκ σφουγγαρίσματος προς το μέρος μου μέσα στο σκοτάδι. Μέσα σ' αυτόν είχα βυθίσει το δεξί μου πόδι και το κάτω μέρος του ποδιού μου, σαν να είχα μπει στην άσχημη μπότα ενός γίγαντα που είχε βγει από ένα παραμύθι των αδελφών Γκριμ. Το πόδι μου είχε σφηνωθεί και σφηνωθεί εκεί μέσα. Δεν είχε σημασία οι διαμαρτυρίες των κνημών μου, η ζωή μου εξαρτιόταν από αυτό.

Με ένα χαμόγελο λυκίσκου να ζωντανεύει τώρα το χλωμό και γεμάτο σημάδια πρόσωπό του, με τη δεξιά γροθιά του ακόμα προτεταμένη, με το πάσο του, ο Σπάιντερ έβαζε τα πόδια του φαρδιά πλατιά και έπαιρνε στάση αλόγου Κουνγκ Φου, για να μου δώσει ένα επικό ξύλο.

Φώναξα και χτύπησα προς τα πάνω με το όπλο-κουβά που ήταν σταθερά στερεωμένο στο πόδι μου, στηριζόμενος στο πάτωμα όσο καλύτερα μπορούσα με το αριστερό μου πόδι για να αποκτήσω την κατάλληλη δύναμη για να ασκήσω το χτύπημα. Ήμουν ευλογημένος με καλή τύχη. Έπιασε τον ξαφνιασμένο Σπάιντερ από τον καβάλο.

Άκουσα την αντανακλαστική ανάσα του καθώς τον χτύπησε ο εκτυφλωτικός πόνος.

Έπρεπε να εκμεταλλευτώ αυτή τη σύντομη, αυτή την πολύ σύντομη, στιγμή πλεονεκτήματος, αλλιώς όλα θα τελείωναν για μένα. Ο πόνος από τους καρπούς μου που έπαιρναν όλο μου το βάρος και έσερναν στο ράφι ήταν αφόρητος. Όλα αυτά θα έπρεπε να περιμένουν. Ο Σπάιντερ στάθηκε άκαμπτος σε κατάσταση σοκ και τον κλώτσησα ξανά, με το αριστερό μου πόδι αυτή τη φορά, στο ίδιο σημείο- μια τέλεια κλωτσιά πέναλτι στην απροστάτευτη βουβωνική χώρα του. Ο λοστός έπεσε με ένα μεταλλικό τινκ! στο τσιμεντένιο πάτωμα δίπλα σε μερικά δοχεία με χλωρίνη.

Σφύριξε και έπεσε στα γόνατα, μετά έγειρε μπροστά στα τέσσερα, παράλληλα με το πάτωμα που ήταν γλιστερό από το αίμα μου. Το κεφάλι και οι ώμοι του ήταν στα πόδια μου. Οι θεοί εξακολουθούσαν να μου χαμογελούν.

Έπιασα το σαγόνι του Σπάιντερ με μια αδέξια κλωτσιά με το τακούνι του ελεύθερου ποδιού μου. Ήταν ένα αδύναμο χτύπημα και παραλίγο να αστοχήσει, αλλά ήταν αρκετό. Καθώς το πρόσωπό του έπεφτε στο πάτωμα, έριξα τη μπότα από βουλκανισμένο καουτσούκ άτσαλα αλλά σταθερά στο πίσω μέρος του κεφαλιού του. Και ξανά. Συνέχισα έτσι μέχρι που σταμάτησε να κινείται. Τότε, αλαλάζοντας και κλαίγοντας από τον τρόμο, σε μια τελευταία φρενίτιδα, το έκανα κι άλλο. (Είχε προσπαθήσει να με σκοτώσει, καταλαβαίνετε.)

Μετά από αυτό υπήρξε μια περίοδος που έχασα την αίσθηση των πραγμάτων στο καταραμένο ντουλάπι μου, ακόμα δεμένος με σύρμα από τους καρπούς σε έναν κλειστό χώρο με έναν μανιακό δολοφόνο του οποίου την αναπνοή δεν μπορούσα πλέον να ακούσω.

Οι κνήμες μου και η καμάρα του δεξιού μου ποδιού διαμαρτύρονταν με έναν πόνο που ήταν δυσβάσταχτος. Αναρωτήθηκα ξανά αν είχα σπάσει κάτι εκεί, μαζί με τα κόκκινα, καυτά, τρυπημένα με βελόνα πλευρά και καρπούς. Βοήθησε το γεγονός ότι εξακολουθούσα να χάνω τις αισθήσεις μου. Τα πάντα ήταν σουρεαλιστικά τώρα στο ζεστό και άνετο γραφείο του γιατρού Καλιγκάρι. Παρατήρησα ότι μιλούσα και χασκογελούσα με τον εαυτό μου ανά διαστήματα εκεί μέσα στο ντουλάπι. Μπορούσα να το ακούσω. Αλλά ήταν τόσο αμυδρά και διακεκομμένα, όπως τα τραγούδια των πουλιών σε ένα σκοτεινό δάσος όταν πέφτει η νύχτα, που μόνο ένα ηχοβόλο όπλο θα μπορούσε να τα διακρίνει.

---

Δύο άνθρωποι έχασαν τη ζωή τους εκείνη τη νύχτα. Ο πρώτος ήταν ο νεαρός Στόγιαν που προσπάθησε να με ελευθερώσει πριν ο ψυχοπαθής συνεργάτης του επιστρέψει για να με αποτελειώσει.

Όταν ο Σπάιντερ τον χτύπησε, εκείνος έφυγε στο δρόμο και συνέχισε να τρέχει μέσα στον πανικό του, με αποτέλεσμα να τον πατήσει ένα ασθενοφόρο. Αυτή ήταν η σειρήνα και οι ήχοι του δρόμου που νόμιζα ότι είχα ακούσει. Η αστυνομία εμφανίστηκε αμέσως μετά. Έμαθα πολύ αργότερα ότι ο Στόγιαν, με τις αισθήσεις του αλλά χωρίς πολύ ζωή, τραύλισε κάτι στο πεζοδρόμιο ή σε ένα φορείο που τους οδήγησε στο Sitwell Mansions. (Μήπως έπαθε κρίση πανικού ή/

και κρίση συνείδησης; Με είχε βοηθήσει επειδή γνώριζε τη δολοφονική φύση και τις προθέσεις του Σπάιντερ;)

Αν με ρωτάτε, πιθανόν να έσωσα τη ζωή ενός αστυνομικού με τη δράση που έκανα εναντίον του Σπάιντερ. Επειδή θα έχετε ήδη μαντέψει ότι το δικό του ήταν το άλλο πτώμα. Παλεύοντας για τη ζωή μου σε εκείνη τη σκοτεινή αποθήκη, το ξέφρενο χτύπημά μου σε αυτοάμυνα είχε κάνει αρκετά για τον Σπάιντερ, όπως αποδείχτηκε.

Ο δικαστής και οι ένορκοι ήταν επιεικείς όταν τους παρουσιάστηκαν όλα τα πραγματικά περιστατικά. Μου επιβλήθηκε τετραετής φυλάκιση. Έτσι κατέληξα να γράφω αυτή την ιστορία, την ιστορία του τίτλου του βιβλίου Συζητήσεις της Γέφυρας της Χιλιετηρίδας Μιλένιουμ, στη βιβλιοθήκη της Ανοικτής Φυλακής Φορντ κατά τη διάρκεια της τελευταίας μου περιόδου. Αναρωτιέμαι τώρα αν θα μπω τουλάχιστον στη μακρά λίστα του Μαν Μπούκερ.

# ΦΟΊΒΗ

ΑΠΌ ΤΟΝ ΤΖΑΚ ΝΤ ΜΑΚΛΉΝ

Η ΝΕΑΡΉ ΓΥΝΑΊΚΑ ΈΣΤΡΕΨΕ ΑΠΕΓΝΩΣΜΈΝΑ ΤΑ ΜΆΤΙΑ ΤΗΣ ΓΙΑ ΝΑ ΑΠΟΦΎΓΕΙ ΤΑ ΔΙΚΆ ΜΟΥ. Πρέπει να ήξερε ότι την παρακολουθούσα, αλλά δεν είχε ιδέα γιατί. Πιθανώς νόμιζε ότι την γούσταρα. Δεν ήταν τόσο απλό.

Αναμφίβολα ήταν το είδος της γυναίκας που κάθε στρέιτ άνδρας θα έβρισκε ελκυστική, αλλά δεν ήταν αυτός ο λόγος που με ενδιέφερε. Είχε να κάνει με τον τρόπο που συμπεριφερόταν.

Εντυπωσιάστηκα τόσο πολύ από τη στάση του σώματος και τις κινήσεις της γυναίκας που χρησιμοποίησα το κινητό μου για να την τραβήξω ένα σύντομο βίντεο. Ίσως αυτό να ήταν που προκάλεσε το περιστατικό. Δεν ήμουν σε καμία περίπτωση προκλητικός· προσπαθούσα να συλλάβω την ουσία αυτού που την έκανε γυναίκα. Αλλά παρεξηγήθηκα. Έχω παρεξηγηθεί συχνά.

Αφού τράβηξα το βίντεο άρχισα να κρατάω σημειώσεις στο σημειωματάριο που κουβαλάω μαζί μου για να το χρησιμοποιώ σε τέτοιες περιπτώσεις. Είχα απορροφηθεί τόσο πολύ από τη δουλειά μου που δεν πρόσεξα τον εύσωμο νεαρό άνδρα με τον οποίο ήταν μαζί, να αποκολλάται από την ομάδα της και να περπατάει προς το μέρος όπου καθόμουν.

Βρισκόμουν σε ένα πλευρικό θάλαμο μόνος μου. Είναι συνήθειά μου να παίρνω μοναχικά σημεία ώστε να μπορώ να παρατηρώ τις γυναίκες στο φυσικό τους περιβάλλον να κάνουν τη δουλειά τους.

Δεν αντιλήφθηκα τον νεαρό μέχρι που ένιωσα το χέρι του στον ώμο μου και κοίταξα ψηλά. Έσπρωξε το πρόσωπό του κοντά στο δικό μου. Ακόμη και μέσα στο σκοτάδι του μπαρ μπορούσα να δω ότι το δέρμα του ήταν τραχύ και δυσάρεστο.

"Άκουσε, παππού", γρύλισε. Ήταν τόσο κοντά μου που ένιωσα τη ζεστασιά της βρωμερής ανάσας του στο πρόσωπό μου. "Η φίλη μου έχει βαρεθεί να την περιτριγυρίζεις. Θα σου έριχνα μπουνιά αν δεν ήσουν τόσο άχρηστος γέρος. Τώρα άντε γαμήσου από εδώ πριν αλλάξω γνώμη και επιτεθώ σε έναν συνταξιούχο".

Τα είχε κάνει όλα λάθος. Δεν ήμουν καθόλου διεστραμμένος. Είχα συλλέξει υλικό.

Ένιωσα δύο συναισθήματα εξίσου έντονα: φόβο και θυμό. Ήμουν αρκετά θυμωμένη για να του ρίξω μια σφαλιάρα, αλλά ο φόβος για τις συνέπειες με συγκράτησε. Ήταν γεροδεμένος και φαινόταν ότι μπορούσε να φροντίσει τον εαυτό του. Αυτό δεν ήταν καλός οιωνός. Κι εγώ είμαι χοντρός, αλλά μόνο στη μέση. Το υπόλοιπο σώμα μου είναι κοκαλιάρικο. Οι ώμοι μου είναι στενοί και τα χέρια μου είναι αδύναμοι σωλήνες.

Βάζοντας το σημειωματάριο και το στυλό στην τσέπη μου, σηκώθηκα βιαστικά. Είχα επίγνωση ότι τα πόδια μου έτρεμαν ανεξέλεγκτα. Ένιωθα ότι θα μπορούσαν να λυγίσουν κάτω από το βάρος μου.

Είμαι 50 ετών και όχι παππούς, θεωρώντας τον εαυτό μου αρρενωπό. Αλλά δεν υπήρχε λόγος να εξηγήσω τίποτα από αυτά στον νεαρό κακοποιό που ήταν στα πρόθυρα της επίθεσης εναντίον μου. Φεύγοντας με όση αξιοπρέπεια μπορούσα να συγκεντρώσω, ένιωσα το βλέμμα πολλών ζευγαριών ματιών να με κοιτάζει στην πλάτη.

Ήταν κάτι σαν σοκ να βγαίνεις από το σκοτάδι του μπαρ στη λαμπερή απογευματινή λιακάδα. Ανοιγόκλεισα τα μάτια μου μερικές φορές πριν συνηθίσουν τις νέες συνθήκες φωτισμού. Ήταν Παρασκευή απόγευμα και η βόρεια συνοικία του Μάντσεστερ είχε πολλή κίνηση. Είδα μια γυναίκα που κανονικά θα προκαλούσε το ενδιαφέρον μου, αλλά ήμουν ακόμα σε κατάσταση σοκ εξαιτίας αυτού που είχε συμβεί στο μπαρ Μαύρος Σκύλος, οπότε την αγνόησα. Αντ' αυτού κατευθύνθηκα κατευθείαν στο αυτοκίνητό μου και πήγα στο στούντιό μου.

———

Το στούντιό μου βρίσκεται σε ένα σειριακό σπίτι στο Γουίθινγκτον, κάποτε ένα ελκυστικό χωριό, αλλά τώρα απορροφημένο από την αστική εξάπλωση του Μάντσεστερ. Μπαίνοντας μέσα, ανέβηκα βιαστικά στη σοφίτα μακριά από τα αδιάκριτα βλέμματα, κατέβασα το τελευταίο μου βίντεο στον υπολογιστή μου και το αποθήκευσα σε ένα αρχείο που είχα ετοιμάσει πολλούς μήνες πριν με τίτλο "Κορίτσια του Μάτσδενστερ – Βόρειο Τμήμα".

Το έπαιξα ξανά και ξανά, παρατηρώντας προσεκτικά τον τρόπο με τον οποίο η νέα μου σταρλετίτσα περπατούσε με αυτοπεποίθηση στο γυαλισμένο πάτωμα του Μαύρου Σκύλου. . Ήταν σοβαρή έρευνα.

Στη συνέχεια γδύθηκα και έψαξα στο συρτάρι που φυλάω στη σοφίτα και στη συνέχεια φόρεσα ένα ζευγάρι από τα γυναικεία εσώρουχα που κρύβω εκεί. Θα μπορούσα να τα καταφέρω και χωρίς αυτά φυσικά. Εξάλλου, τα εσώρουχά μου δεν θα φαίνονταν και δεν υπήρχε κανείς τριγύρω για να με κρίνει. Δεν θα τολμούσα να βγω σε δημόσιο χώρο. Αλλά θα έκρινα τον εαυτό μου και θα ήξερα ότι το πλάσμα που δημιουργούσα δεν θα ήταν αυθεντικό αν δεν φορούσα το εσώρουχο. Κάθε λεπτομέρεια έπρεπε να είναι τέλεια, αλλιώς δεν θα ήμουν ικανοποιημένος.

Φόρεσα τον κορσέ μου. Κάνει καλή

δουλειά στο να συγκρατεί την κοιλιά μου και προσδίδει στους γοφούς μου τον υπαινιγμό των γυναικείων καμπυλών. Ακολούθησαν οι φακίδες μου και το σουτιέν μου. Μετά το φόρεμα.

Σε εκείνο το στάδιο κοίταξα τον εαυτό μου σε έναν από τους πολλούς ολόσωμους καθρέφτες που έχω στη σοφίτα. Έμοιαζα με έναν μεσήλικα άνδρα με γυναικεία ρούχα.

Για να ολοκληρώσω τη μεταμόρφωση που επιδίωκα, φόρεσα μια περούκα και μακιγιάρισα προσεκτικά το πρόσωπό μου. Μετά κοίταξα ξανά στον καθρέφτη. Δεν ήμουν καλλονή, αλλά τουλάχιστον είχα γίνει γυναίκα, ή κάτι που έμοιαζε με γυναίκα.

Τώρα μπορεί να νομίζετε ότι είμαι γκέι ή τραβεστί ή ένας επίδοξος τρανσέξουαλ. Μπορώ να σας διαβεβαιώσω ότι δεν είμαι τίποτα από όλα αυτά. Είμαι ένας καλλιτέχνης καθαρός και απλός.

Λοιπόν, κάποτε ήμουν αγνός και κάποτε ήμουν απλός. Αλλά αυτό ήταν πριν από πολύ καιρό. Έχω χάσει την αγνότητα και την αφέλειά μου για πάντα. Η γυναίκα μου και ο εραστής της το έχουν φροντίσει αυτό.

Περπατούσα με χάρη μπρος-πίσω σαν τη γυναίκα που είχα γίνει, μιμούμενη όσο καλύτερα μπορούσα την κίνηση της γυναίκας που είχα δει στον Μαύρο Σκύλο. Κάθε τόσο έλεγχα τη φόρμα μου σε έναν από τους καθρέφτες μου για να βεβαιωθώ ότι την έβαλα σωστά. Και ως επί το πλείστον τα κατάφερνα. Ήταν μια επιτυχημένη παράσταση. Αλλά δεν ήταν αρκετά καλή για μένα. Το δημιούργημά μου δεν με ευχαριστούσε. Ήξερα από την αρχή ότι θα ήταν ανεπαρκής- πάντα ήταν.

Με θλίψη αφαίρεσα το φόρεμα, τα εσώρουχα και το μακιγιάζ μου και επανήλθα στη συνηθισμένη μου ταυτότητα: Χέρμπερτ Μπότομλι, Χερμπ για τους φίλους του, ο τοπικός μικρός καλλιτέχνης.

Μικρός καλλιτέχνης. *Μείζων*. Πόσο λαχταρούσα να γίνω *Μεγάλος Καλλιτέχνης*. Ένας από τους Μπριτπακ. Ένας άλλος Ντάμιεν Χίρστ, ας πούμε, ή (ίσως πιο κατάλληλα) μια Τρέϊσι Εμίν.

Όχι ότι τα πήγαινα τόσο άσχημα. Έβγαζα τα προς το ζην από τη δουλειά μου και μάλιστα αρκετά καλά, κάτι που είναι κάτι περισσότερο από ό,τι μπορούν να πουν οι περισσότεροι σύγχρονοι καλλιτέχνες. Το πρόβλημά μου ήταν ότι ζούσα από είδη τέχνης που δεν με ενδιέφεραν καθόλου.

Είχα μια σταθερή ροή πελατών που ήθελαν να τους κάνω πορτρέτα. Η υπόλοιπη αμειβόμενη δουλειά μου προερχόταν από αναπαλαιώσεις και άλλα παρόμοια. Αλλά επιθυμούσα να βγάλω χρήματα από την πρωτότυπη δουλειά μου. Είχε σημασία για μένα. Αλλά το μόνο που φαινόταν να κάνει ήταν να κάνει το μέρος ακατάστατο. Δεν πουλούσε και δεν έφερνε χρήματα.

———

Αφού καθάρισα και το τελευταίο ίχνος μακιγιάζ από το πρόσωπό μου, κατέβηκα κάτω και δούλεψα πάνω σε ένα μισοτελειωμένο γλυπτό, φέρνοντάς το ένα βήμα πιο κοντά στην ολοκλήρωση. Η συγκέντρωσή μου ήταν τέτοια που δεν πρόσεξα το πέρασμα του χρόνου. Πριν το καταλάβω, η Παρασκευή είχε γίνει Σάββατο και η ώρα ήταν σχεδόν 1.00 π.μ., οπότε κλείδωσα το στούντιό μου και πήγα σπίτι. Το σπίτι είναι ένα άλλο σπίτι σε σειρά στο Γουίθινγκτον το οποίο μοιράζομαι με τη σύζυγό μου Κλιό..

———

Λάτεξ, αυτή ήταν η απάντηση.

Μόλις μου ήρθε η ιδέα, αναρωτήθηκα γιατί δεν το είχα σκεφτεί νωρίτερα.

Με απλά λόγια, θα μπορούσα να φτιάξω την ιδανική μου γυναίκα από λάτεξ και να τη φορέσω σαν κοστούμι. Το κρεμασμένο μου πρόσωπο δεν θα ήταν πλέον ο περιοριστικός παράγοντας της εμφάνισής μου, ούτε οι όχι και τόσο πλούσιοι γοφοί μου. Το λάτεξ θα μπορούσε να μου δώσει το σχήμα και τα χαρακτηριστικά του προσώπου της γυναίκας των ονείρων μου.

Μόλις μου ήρθε η ιδέα, άρχισα να εργάζομαι πυρετωδώς για την επίτευξη του στόχου μου. Ευτυχώς δεν ήμουν άγνωστος στο μέσο. Είχα μεγάλη εμπειρία εργασίας με λατέξ ως φοιτήτρια τέχνης και πιο πρόσφατα σε μια μάλλον εξωτική παραγγελία.

Έφτιαξα μια προτομή του κεφαλιού και των ώμων της ιδανικής γυναίκας, φροντίζοντας να είναι ελαφρώς μεγαλύτερη από τη δική μου. Χρησιμοποίησα την προτομή για να φτιάξω ένα εκμαγείο με πλαστικά μάτια. Σύντομα ακολούθησε το σώμα, και στη συνέχεια τα χέρια και τα πόδια.

Δούλεψα μέρα και νύχτα για το έργο μου. Δεν νομίζω ότι έλειψα στην Κλειώ κατά τη διάρκεια αυτής της περιόδου. Αναμφίβολα ήταν πολύ απασχολημένη με το να γαμάει τον Μαξ , ή να σκέφτεται να τον γαμάει, όταν δεν τον γαμούσε στην πραγματικότητα.

Ήρθε η συναρπαστική μέρα που όλα ήταν έτοιμα. Γδύνομαι και προετοιμάζομαι με άφθονες ποσότητες ταλκ.

Παίρνοντας το σώμα που ήταν κάτι σαν κορμάκι μπήκα μέσα, χαλαρώνοντάς το μέχρι το λαιμό μου. Τα στήθη ήταν εντυπωσιακά αν και κάπως ακίνητα.

Στη συνέχεια έριξα ταλκ στα πόδια από λατέξ και τα τράβηξα προσεκτικά πάνω από τα δικά μου πόδια. Μεταμόρφωσαν αμέσως τα εξογκωμένα μου δείγματα σε καρφίτσες που θα δικαίωναν ένα μοντέλο εσωρούχων. Τα μανίκια από λατέξ πρόσφεραν παρόμοιες υπηρεσίες στα χέρια μου.

Τέλος, ήρθε το κορυφαίο αριστούργημα. Το κεφάλι. Το κατέβασα πάνω από το δικό μου και έσφιξα τα κορδόνια στο πίσω μέρος. Μια ρέουσα περούκα από μαύρα μαλλιά το ολοκλήρωσε.

Όταν κοίταξα στη σοφίτα, η ορατότητα που είχα μέσα από τα πονηρά κατασκευασμένα μάτια ήταν εκπληκτικά καλή. Όταν είδα την αντανάκλασή μου, έμεινα έκπληκτος. Είχα επιτέλους δημιουργήσει μια γυναίκα. Την πιο όμορφη γυναίκα που είχα δει ποτέ.

Γυρνώντας από εδώ και από εκεί θαύμαζα τον εαυτό μου - τον εαυτό της - στον καθρέφτη. Θεέ μου, ήταν όμορφη. Θεέ μου, ήμουν όμορφη.

Μελετώντας τα ψηλά ζυγωματικά μου, τα γεμάτα χείλη μου, το στήθος μου, τις ηβικές μου τρίχες και τα μακριά μου πόδια, κατέληξα στο συμπέρασμα ότι όλα ήταν τέλεια.

Πλησίασα τον καθρέφτη. Μόνο όταν ήμουν πολύ κοντά, το πρόσωπό μου πήρε μια ελαφρώς κουκλίστικη όψη. Αν μη τι άλλο, ήταν μια βελτίωση σε σχέση με την πραγματική ζωή. Είναι άλλωστε κομπλιμέντο να αναφέρεσαι σε μια γυναίκα ως ζωντανή κούκλα.

Η θέα της γύμνιας μου άρχισε να με διεγείρει και να με φέρνει σε αμηχανία εξίσου. Το πρόσωπό μου κοκκίνισε κάτω από το λάτεξ που το κάλυπτε. Σύντομα κατάλαβα το γιατί. Δεν ήμουν εγώ αυτός που ντρεπόταν. Ήταν το δημιούργημά μου. Δεν της άρεσε να την κοιτάζουν ενώ ήταν γυμνή. Για λόγους σεμνότητας, εγώ, δηλαδή εκείνη, φόρεσα ένα μαγιό - ένα λιτό κίτρινο διμελές - και, κατάλληλα ντυμένος, μου επέτρεψε να τη θαυμάσω. Ήταν έρωτας με την πρώτη ματιά.

Αποφάσισα εκεί και τότε να την ονομάσω Φοίβη. Η λαμπερή.

Όταν πρωτοσκέφτηκα τη Φοίβη, είχα σκεφτεί μόνο την εμφάνιση και τις κινήσεις της. Δεν είχα δώσει καμία σημασία στο μυαλό της. Θα ήταν κάτι περισσότερο από μια μαριονέτα.

Με εξέπληξε το γεγονός ότι θα ανέπτυσσε δικές της σκέψεις. Αλλά αυτό ακριβώς έκανε.

---

Κατά κάποιο τρόπο η Φοίβη έμοιαζε με τη μητέρα μου, η οποία ήταν μια μοχθηρή, εκδικητική γυναίκα, προδοτική και άπιστη.

Δεν είναι περίεργο που ο πατέρας μου αυτοκτόνησε.

Παρά τα ελαττώματα του χαρακτήρα της, η μητέρα μου ήταν πολύ όμορφη και μπορούσε να γίνει γοητευτική, τουλάχιστον στα νιάτα της.

Η Φοίβη δεν είχε καμία σχέση με τη μητέρα μου όσον αφορά τη συμπεριφορά της απέναντί μου. Ποτέ δεν θα ήταν άπιστη απέναντί μου και αν έδειχνε οποιαδήποτε υποψία της εκδικητικότητας της μητέρας μου, ήταν οι άλλοι που θα ένιωθαν το κεντρί της, όχι ο δημιουργός της.

Όταν είπα στη Φοίβη για το περιστατικό

στο Μαύρο Σκύλο , εξοργίστηκε. Μου είπε να μάθω πού έμενε ο κακοποιός που με είχε απειλήσει.

Πέρασα όλο τον ελεύθερο χρόνο μου τις επόμενες δύο εβδομάδες τριγυρνώντας έξω από τον Μαύρο Σκύλο. Τελικά ανταμείφθηκα με τη θέα του νεαρού άνδρα που με είχε απειλήσει να φεύγει από το μαγαζί σε κατάσταση προχωρημένης μέθης. Πήγε στην πιάτσα ταξί στο Πικαντίλι, μπήκε σε ένα μαύρο ταξί και ξεκίνησε για τον προορισμό του. Ανεβαίνοντας στο ταξί ακριβώς πίσω του χρησιμοποίησα τις αθάνατες λέξεις:

"Ακολουθήστε αυτό το αυτοκίνητο."

Στρίψαμε και στρίψαμε σε αυτοκινητόδρομο και παράδρομο, μέχρι που τελικά το ταξί του σταμάτησε έξω από ένα σπίτι στην οδό Κλαρεμοντ στο Μος – Σάιντ. Είπα στον οδηγό μου να περάσει ευθεία και σημείωσα τον αριθμό του σπιτιού.

Καθώς ο νεαρός κακοποιός ψαχνόταν με τα κλειδιά του, ξάπλωσα στο κάθισμά μου, απολαμβάνοντας την προοπτική να πω στη Φοίβη ότι είχα εντοπίσει τον βασανιστή μου στο κρησφύγετό του.

———

Δεν έχασε χρόνο για να διορθώσει το κακό που μου είχε γίνει.

Αφού πρώτα οπλίστηκε με ένα κουζινομάχαιρο, οδήγησε το αυτοκίνητό μου στο Μος- Σάιντ και πάρκαρε στη γωνία από την οδό Κλαρεμόντ. Βγήκε από το αυτοκίνητο και περπάτησε γοργά προς το σπίτι του Νεαρού Κακοποιού. Στη διαδρομή προσπέρασε έναν ή δύο ανθρώπους στο δρόμο που έβγαζαν βόλτα τα σκυλιά τους και προσέλκυσε τα βλέμματα, αναμφίβολα όλα με θαυμασμό. Η παράξενη ομορφιά της είναι αρκετή για να γυρίσει το κεφάλι του καθενός.

Χτύπησε δυνατά την πόρτα.

Ο Νεαρός Κακοποιός άνοιξε.

Τα κοκκινισμένα, γεμάτα σπυράκια χαρακτηριστικά του και η βρώμικη αναπνοή του ήταν εξίσου αποκρουστικά για τη Φοίβη όσο και για μένα.

Έβγαλε γρήγορα το κουζινομάχαιρο από την τσάντα της και έσπρωξε την αιχμηρή άκρη του στην παχιά κοιλιά του, η οποία τεντωνόταν στο ύφασμα της λευκής του μπλούζας.

Έκανε ένα βήμα πίσω από τρόμο. Ήξερα γιατί.

Το πρόσωπο της Φοίβης ήταν όμορφο, κουκλίστικο και εντελώς χωρίς οίκτο.

Η Φοίβη μπήκε στον ζοφερό διάδρομο του σπιτιού του τραβώντας την πόρτα πίσω της.

Στη συνέχεια, σε μια στιγμή, βύθισε το μαχαίρι στην απεχθή χοντρή κοιλιά του. Όταν μπήκε βαθιά, τράβηξε τη λεπίδα προς το πλάι και ξεχείλισε τα παχιά έντερά του. Προσγειώθηκαν με έναν ηχηρό παφλασμό στο δάπεδο με τα πλακάκια.

Έπεσε σε καθιστή θέση και την κοίταξε.

"Γιατί;" είπε.

Η απάντηση της Φοίβης ήταν σύντομη και περιεκτική: του έκοψε το λαιμό.

Στη συνέχεια έφυγε το ίδιο γρήγορα όπως έφτασε, και ο νεαρός κακοποιός δεν ήταν πλέον παρά ένα φρικτό χάος στο πλακάκι του δαπέδου, το οποίο κάποιος άτυχος θα είχε το αξιοζήλευτο καθήκον να καθαρίσει.

Καθώς η Φοίβη έμπαινε στο αυτοκίνητό της, πέρασε μια γυναίκα με τον μικρό της γιο. Κοίταξε μια φορά προς την κατεύθυνση της Φοίβης και μετά έριξε μια δεύτερη, κρυφή ματιά στη Φοίβη. Χωρίς αμφιβολία, αυτό συνέβη επειδή μια εξωτική ομορφιά όπως η Φοίβη ήταν ένα απροσδόκητο θέαμα στο Μος Σάιντ. Η γυναίκα πρέπει να βιαζόταν να πάει κάπου, γιατί άρπαξε το χέρι του παιδιού της και άρχισε να τρέχει, σέρνοντάς το μαζί της μέχρι που χάθηκαν και οι δύο από τα μάτια της.

———

Όταν η Φοίβη επέστρεψε στο σπίτι, μου είπε τα πάντα για τα κατορθώματά της.

Για να είμαι ειλικρινής μαζί σας, αισθάνθηκα ότι το είχε παρακάνει. Παρόλα αυτά, μπορούσα να της συγχωρήσω κάθε υπερβολή, καθώς ήμουν μέχρι τότε τρελά ερωτευμένος μαζί της.

Για μένα ήταν η ιδανική γυναίκα.

Αυτό εγείρει το ερώτημα ποια είναι η ιδανική γυναίκα. Προηγουμένως δεν το είχα σκεφτεί πολύ. Αλλά η Φοίβη με έκανε να σκεφτώ το θέμα.

Η ιδανική γυναίκα είναι αυτή που είναι όμορφη και θα κάνει τα πάντα για να προστατεύσει τον άντρα της.

Μου ζήτησε μια λίστα με τους εχθρούς μου. Την ετοιμάζω αυτή τη στιγμή.

Ο Μαξ βρίσκεται στην κορυφή της λίστας.

Η Κλειώ είναι ακριβώς από κάτω του.

Και υπάρχουν αρκετοί άλλοι κάτω από την Κλειώ.

Όταν είσαι καλλιτέχνης κάνεις εχθρούς, φοβάμαι. Αυτό πάει με την περιοχή.

**Τέλος**

Αγαπητέ αναγνώστη,

Ελπίζουμε να σας άρεσε η ανάγνωση του *ΒΡΩΜΙΚΟ ΜΑΥΡΟ*. Παρακαλούμε αφιερώστε λίγο χρόνο για να αφήσετε μια κριτική, ακόμη και αν είναι σύντομη. Η γνώμη σας είναι σημαντική για εμάς.

Με τους καλύτερους χαιρετισμούς,

Μάρτιν Μούλιγκαν & Τζακ Ντ Μακλήν και η ομάδα Next Chapter

# ΒΙΟΓΡΑΦΙΚΌ ΣΥΓΓΡΑΦΈΑ

## ΤΖΑΚ ΝΤ ΜΑΚΛΉΝ

Ο μυστηριώδης Τζακ Ντ Μακλήν κατάγεται από την πόλη Χάντερσφιλντ στο Δυτικό Γιορκσάιρ της Αγγλίας. Είναι ένας άνθρωπος με βεβαρημένο παρελθόν, αφού έχει εργαστεί σε νεκροτομείο, ήταν εργάτης και πωλητής. Έχει σκάψει τρύπες... *επαγγελματικά (για ποιο σκοπό, αρνείται να πει - πωλήσεις; πτώματα; πιθανόν και τα δύο;), ακόμα πιο τρομακτικό - είναι πρώην Δικηγόρος. Του αρέσουν τα πάρτι και κρατιέται σε φόρμα (το είδος της φόρμας που σε κάνει να πιστεύεις ότι μπορεί να εμπλέκεται σε πυγμαχία* με τον Vinnie Jones *σε ημι-τακτική βάση, ή πιθανώς να πίνει μπύρα και με τα δύο χέρια, ενώ ταυτόχρονα ρίχνει ένα τέλειο παιχνίδι βελάκια). Φέρεται να είναι παντρεμένος με δύο ενήλικες κόρες. Δεν έχουν ακόμη εντοπιστεί για σχόλια.*

Βρωμικο Μαυρο
ISBN: 978-4-82410-566-0
Χαρτόδετο χαρτί μαζικής αγοράς


Εκδόσεις
Next Chapter
1-60-20 Minami-Otsuka
170-0005 Toshima-Ku, Tokyo
+818035793528


8 Σεπτέμβριος 2021

9 788482 410566